Apprendre les chiffres
&
les lettres

Ce carnet appartient à

____

TRACE LES MOTS ET LES CHIFFRES CI-DESSOUS.

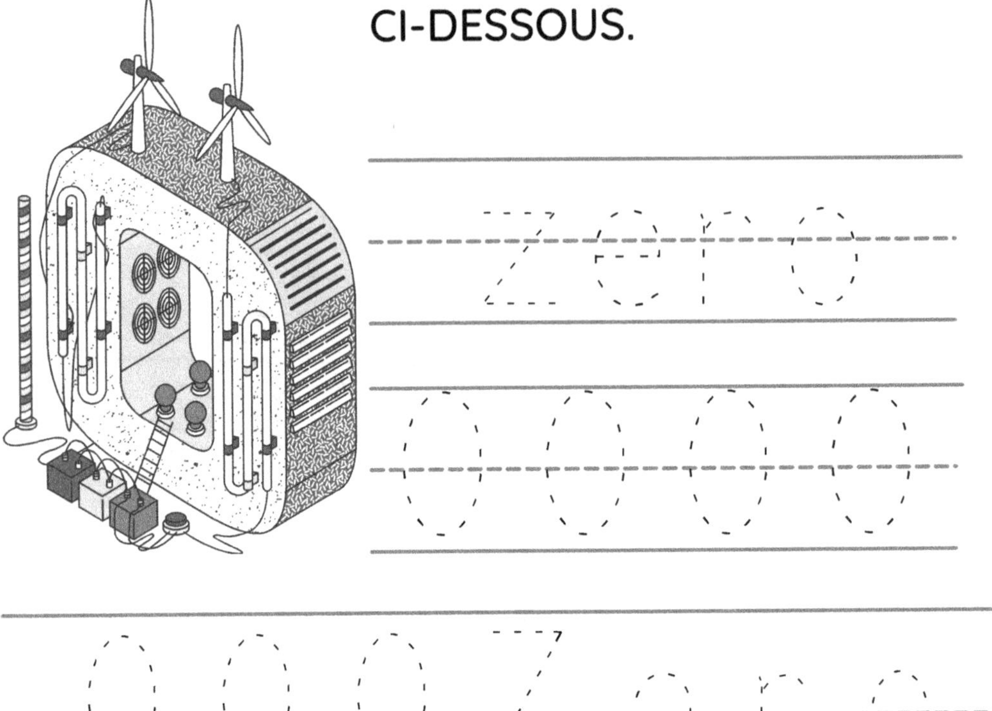

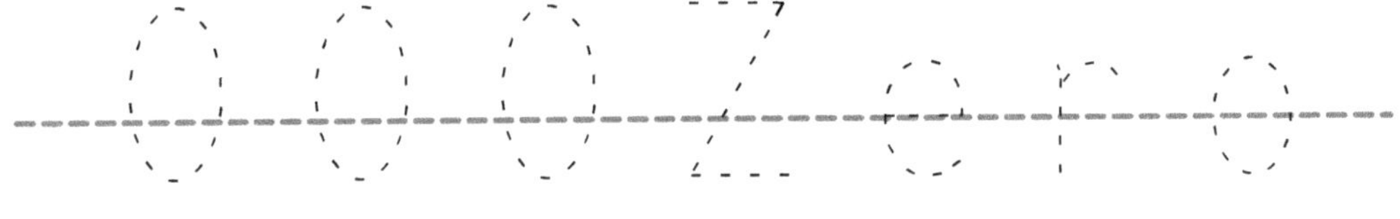

COLORIE LA COCCINELLE

ENTOURE LES ZEROS

5	2	3
0	5	0
3	5	2
4	0	1
7	2	4

TRACE LES MOTS ET LES CHIFFRES CI-DESSOUS.

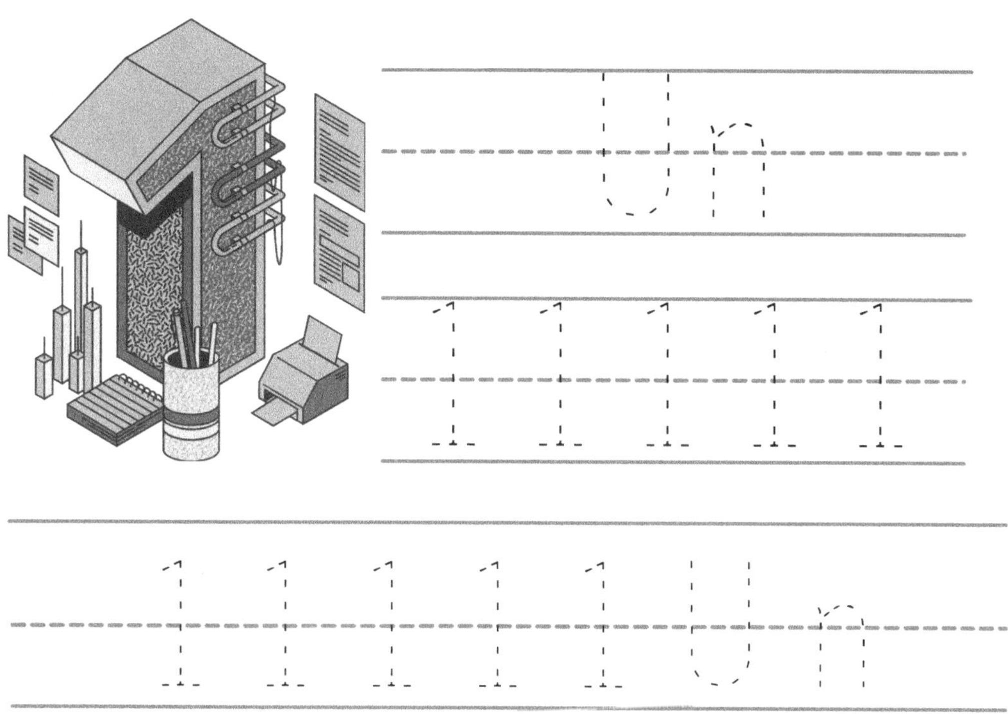

ENTOURE LES UNS		
5	2	3
1	5	4
3	5	2
4	3	1
1	5	4

TRACE LES MOTS ET LES CHIFFRES CI-DESSOUS.

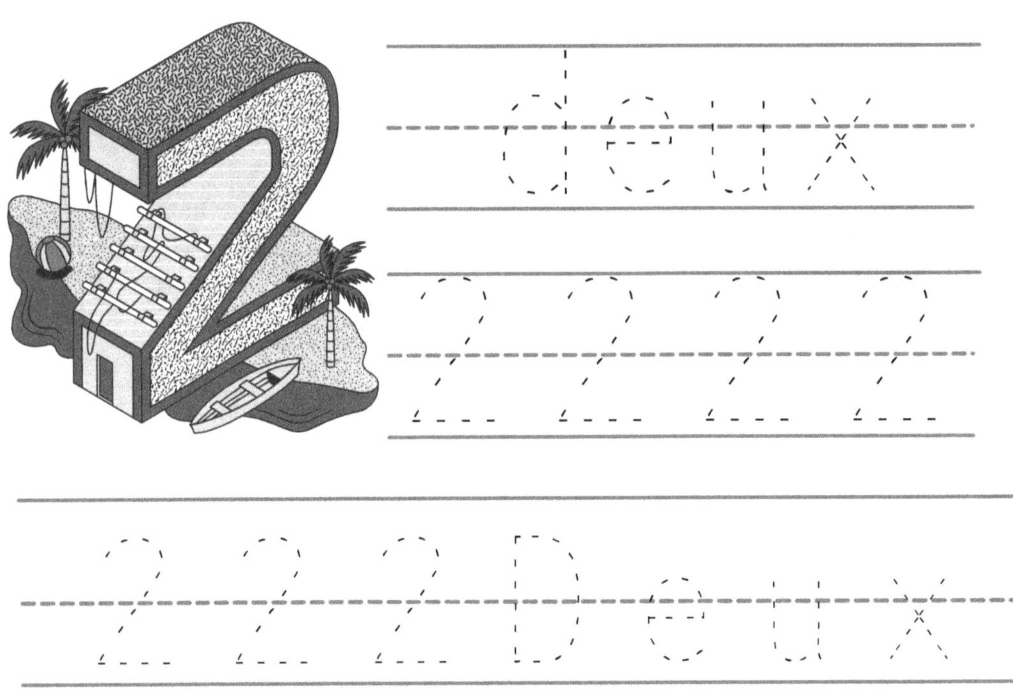

COLORIE DEUX COCCINELLES

ENTOURE LES DEUX

5	2	3
1	5	4
3	5	2
4	3	1
7	2	4

TRACE LES MOTS ET LES CHIFFRES CI-DESSOUS.

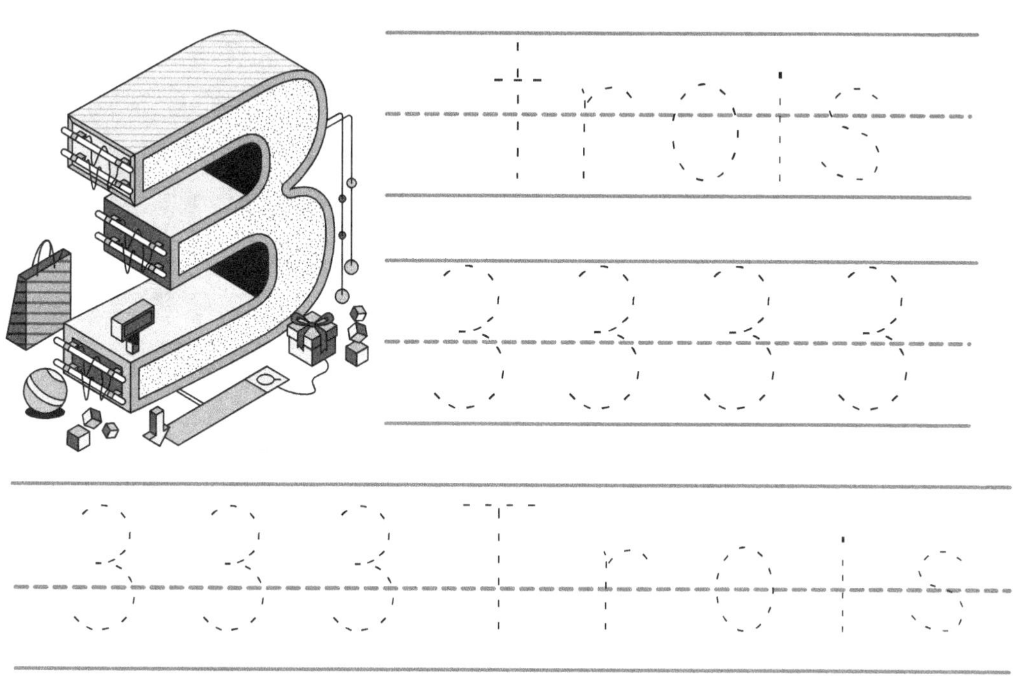

COLORIE TROIS COCCINELLES

ENTOURE LES TROIS

5	2	3
1	5	4
3	5	2
4	3	1
7	2	4

TRACE LES MOTS ET LES CHIFFRES CI-DESSOUS.

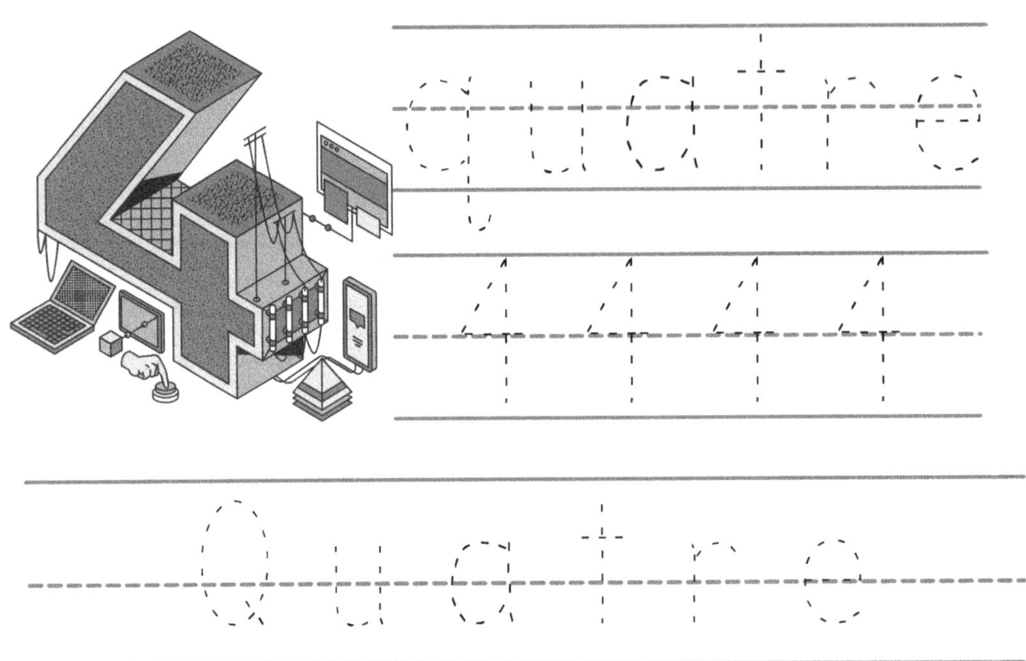

COLORIE QUATRE COCCINELLES

ENTOURE LES QUATRE

5	2	3
1	5	4
3	5	2
4	3	1
7	2	4

TRACE LES MOTS ET LES CHIFFRES CI-DESSOUS.

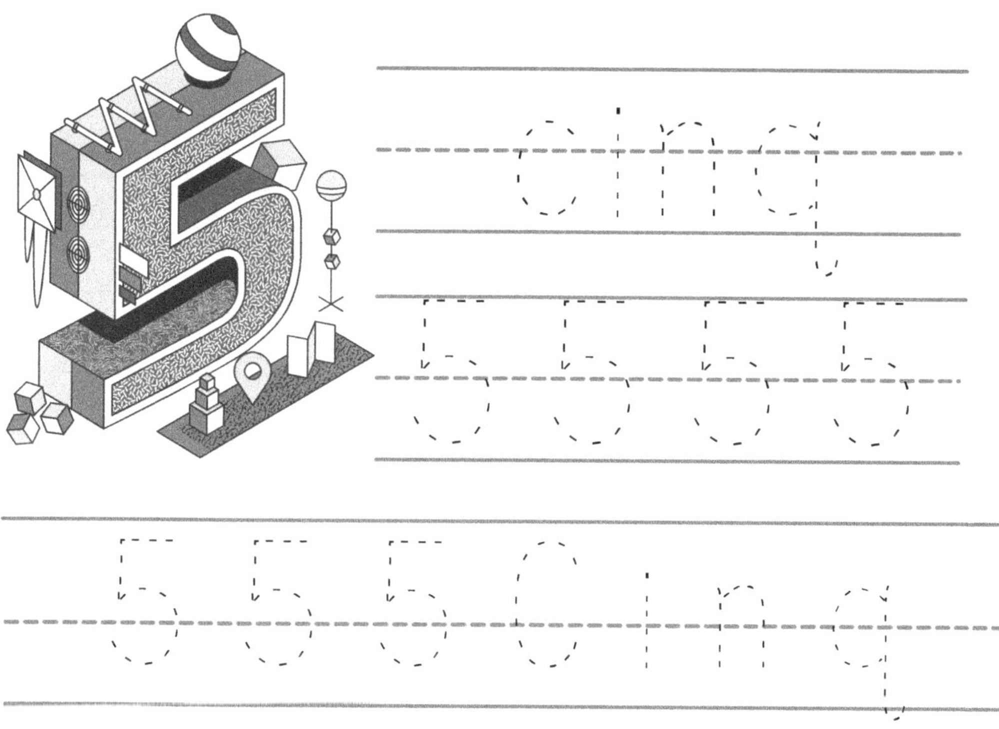

COLORIE CINQ COCCINELLES

ENTOURE LES CINQ		
5	2	3
1	5	4
3	5	2
4	3	1
7	2	4

TRACE LES MOTS ET LES CHIFFRES CI-DESSOUS.

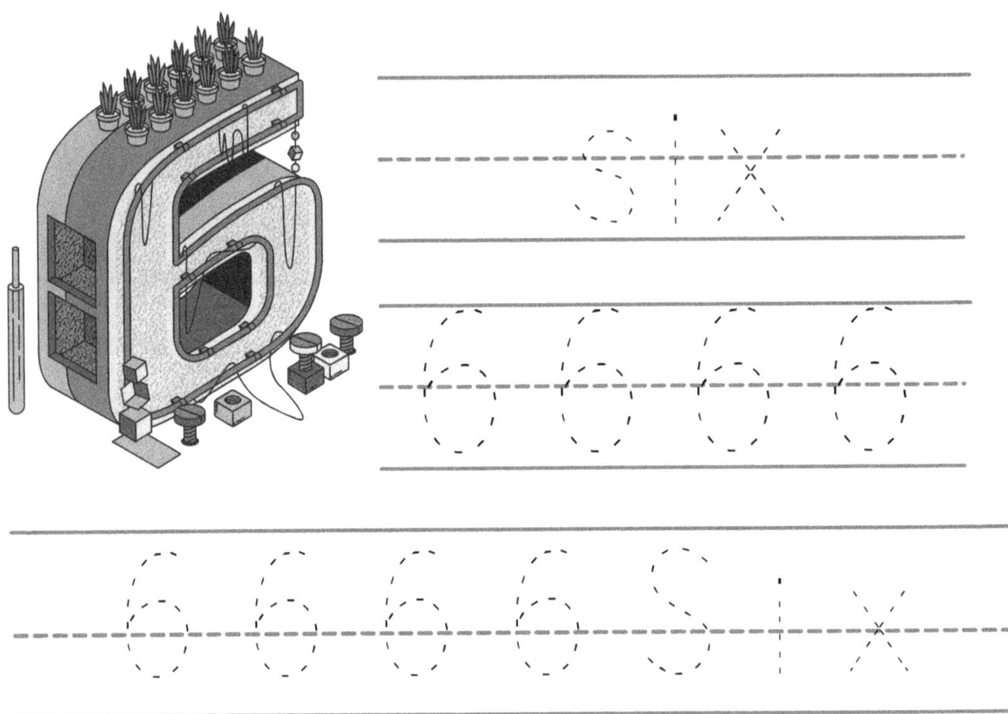

COLORIE SIX COCCINELLES

ENTOURE LES SIX

5	6	3
1	5	6
6	5	2
4	3	6
7	2	4

TRACE LES MOTS ET LES CHIFFRES CI-DESSOUS.

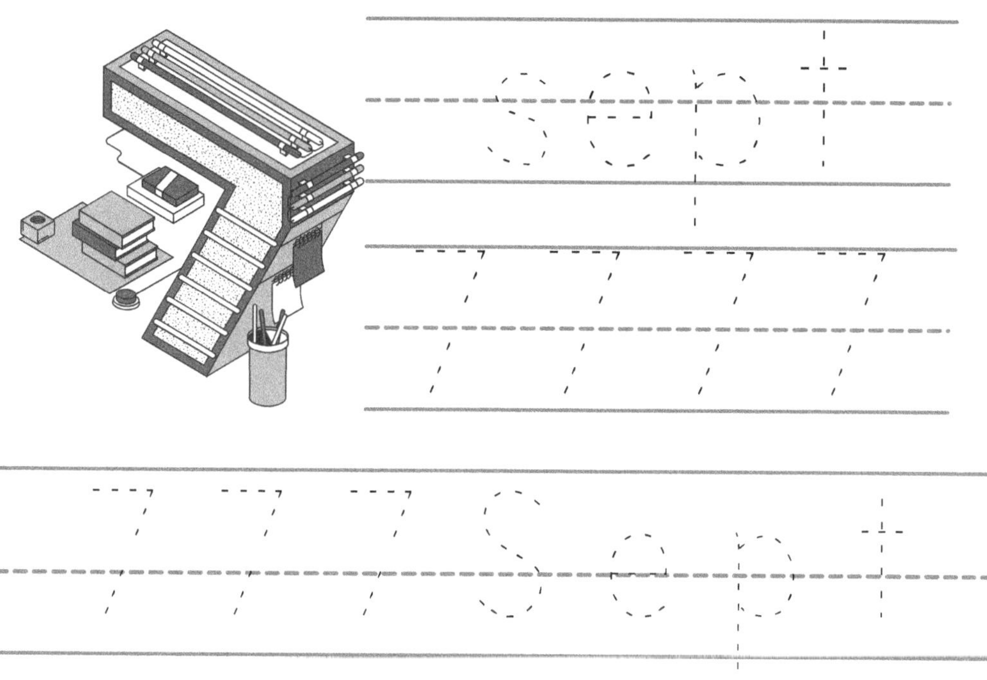

COLORIE SEPT COCCINELLES

ENTOURE LES SEPT

5	6	7
1	5	6
6	7	2
4	3	6
7	2	4

TRACE LES MOTS ET LES CHIFFRES CI-DESSOUS.

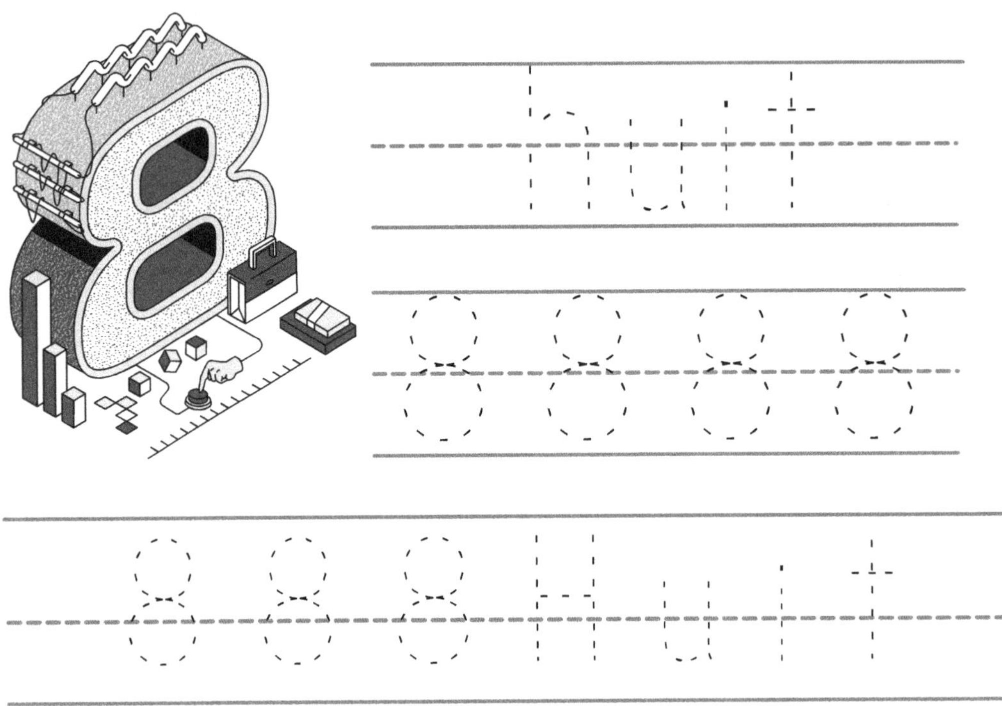

TRACE LES MOTS ET LES CHIFFRES CI-DESSOUS.

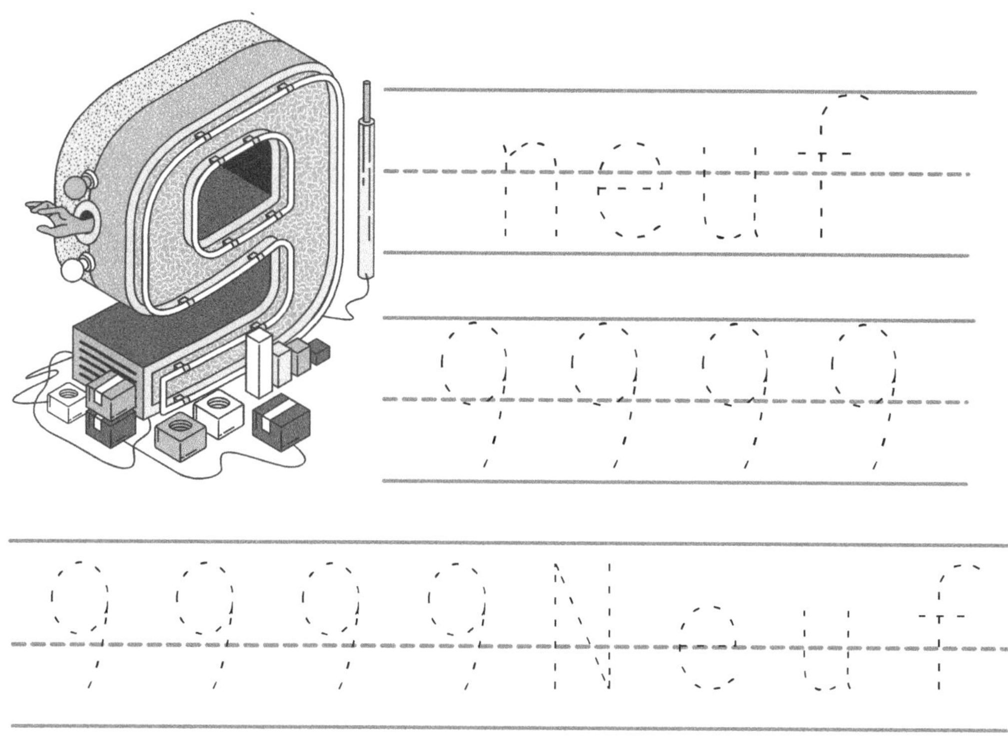

neuf

9 9 9 9

9 9 9 9 Neuf

COLORIE NEUF COCCINELLES

ENTOURE LES NEUF

5	6	3
9	5	9
6	5	2
9	3	6
7	2	4

TRACE LES MOTS ET LES CHIFFRES CI-DESSOUS.

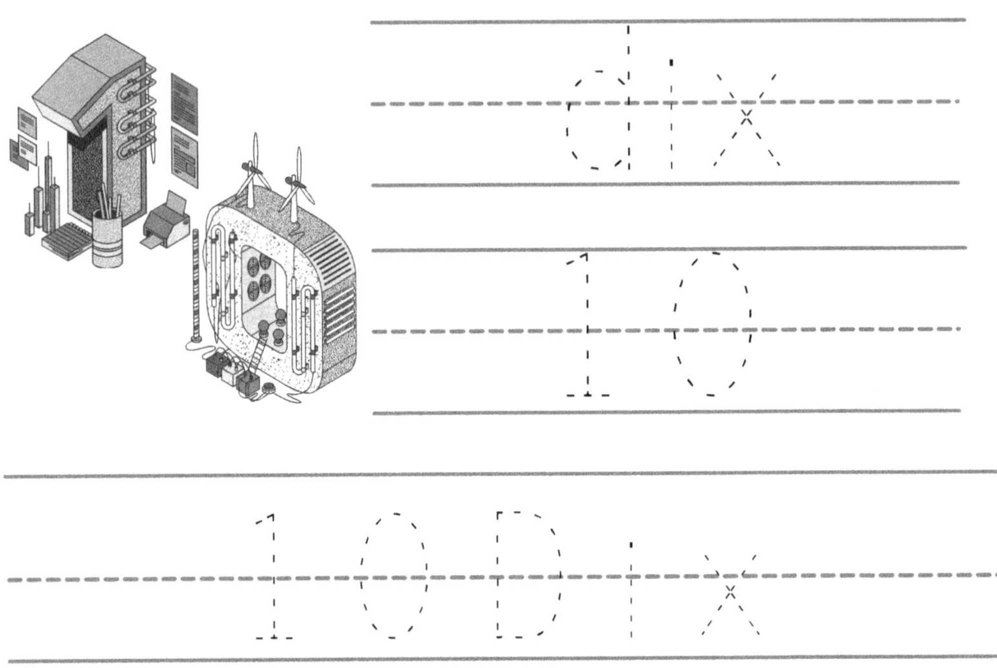

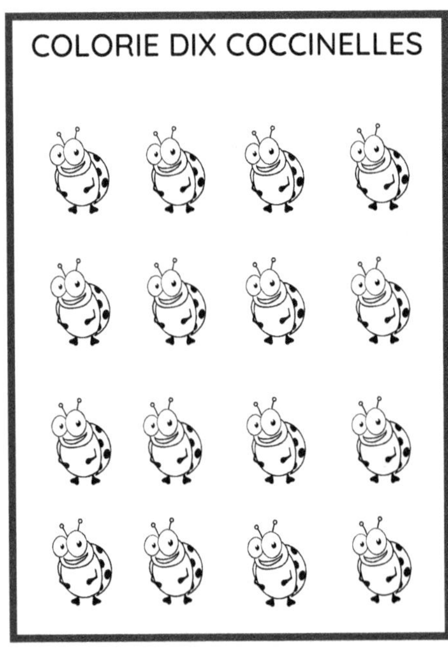

COLORIE DIX COCCINELLES

ENTOURE LES DIX

5	10	3
10	5	4
3	5	2
4	10	1
10	2	4

TRACE LES MOTS ET LES CHIFFRES CI-DESSOUS.

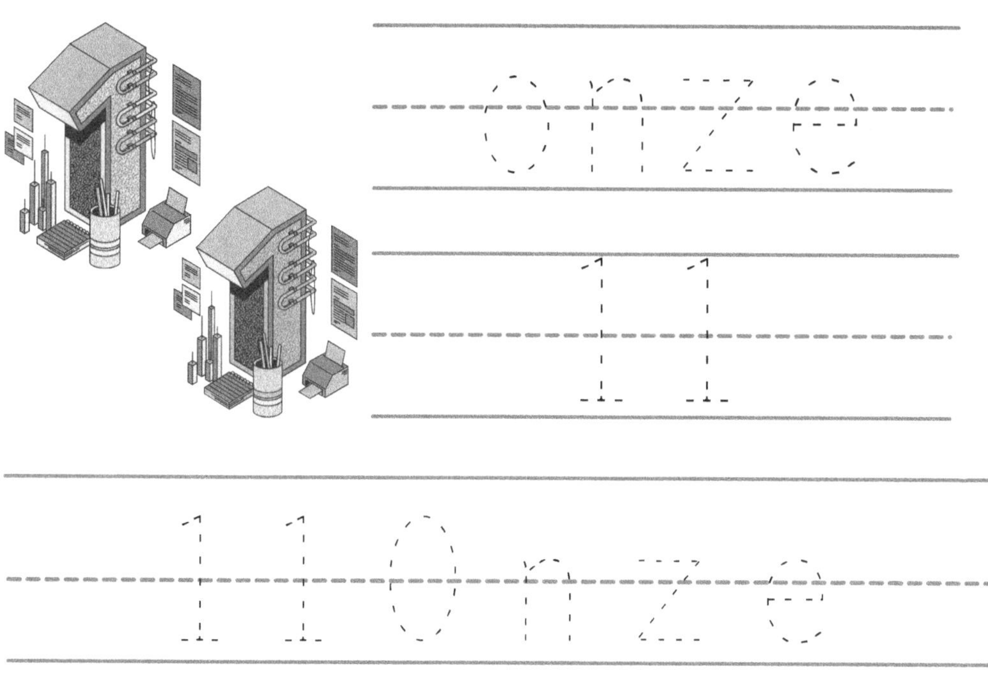

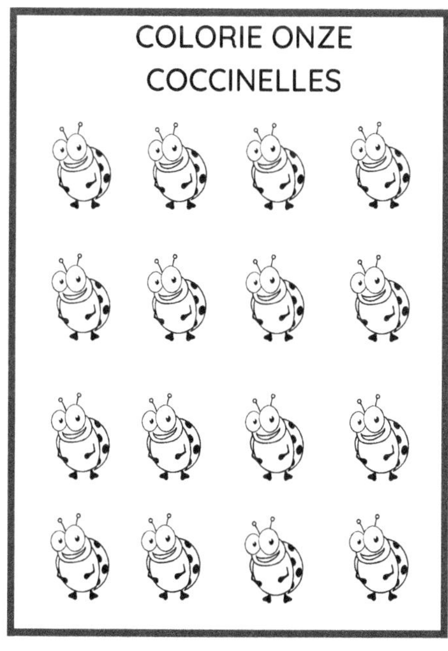

COLORIE ONZE COCCINELLES

ENTOURE LES ONZE

5	10	3
11	5	4
3	5	2
4	11	1
10	2	4

TRACE LES MOTS ET LES CHIFFRES CI-DESSOUS.

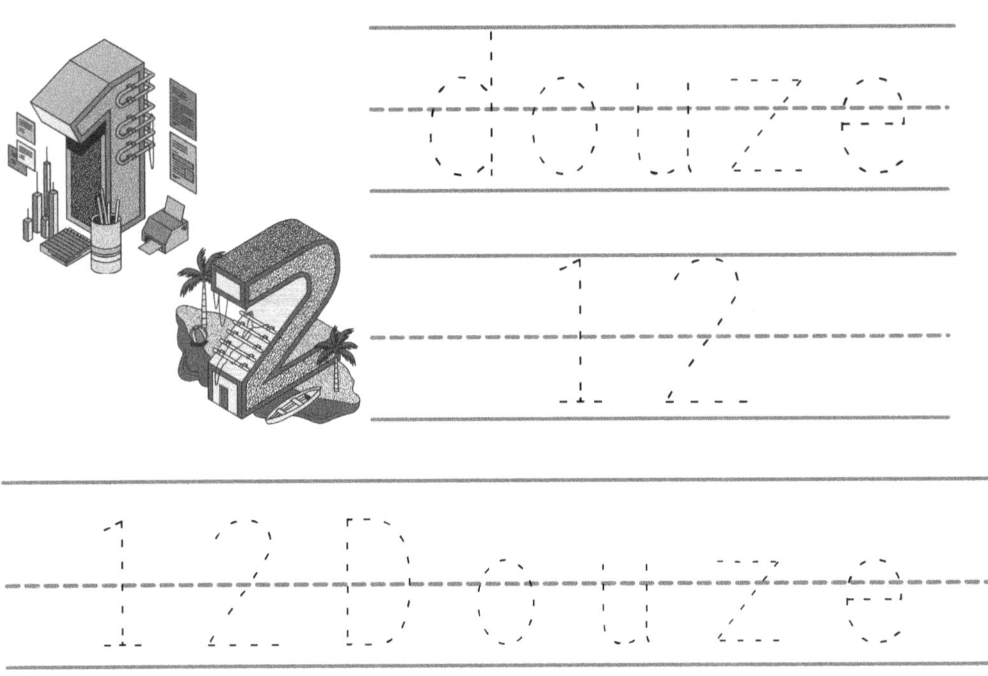

COLORIE DOUZE COCCINELLES

ENTOURE LES DOUZE

12	10	3
10	5	4
3	12	2
4	10	1
10	2	4

TRACE LES MOTS ET LES CHIFFRES CI-DESSOUS.

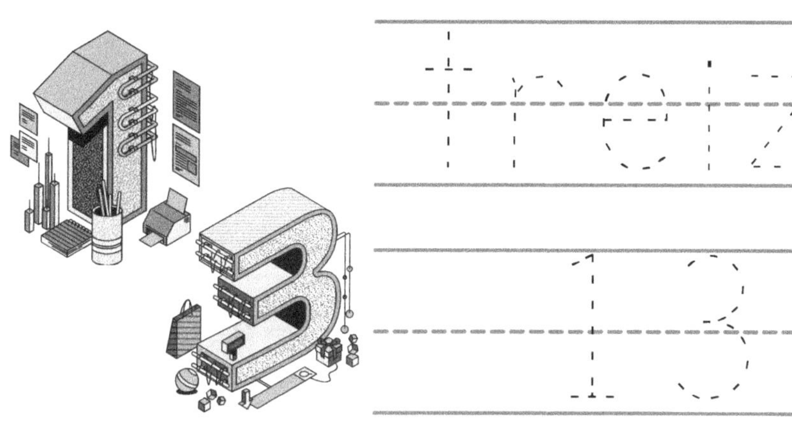

treize

13

13 treize

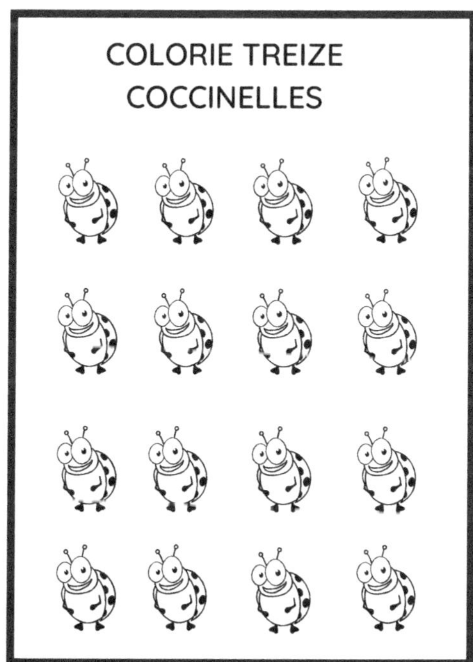

COLORIE TREIZE COCCINELLES

ENTOURE LES TREIZE

5	10	13
10	5	4
3	13	2
4	10	1
10	2	4

TRACE LES MOTS ET LES CHIFFRES
CI-DESSOUS.

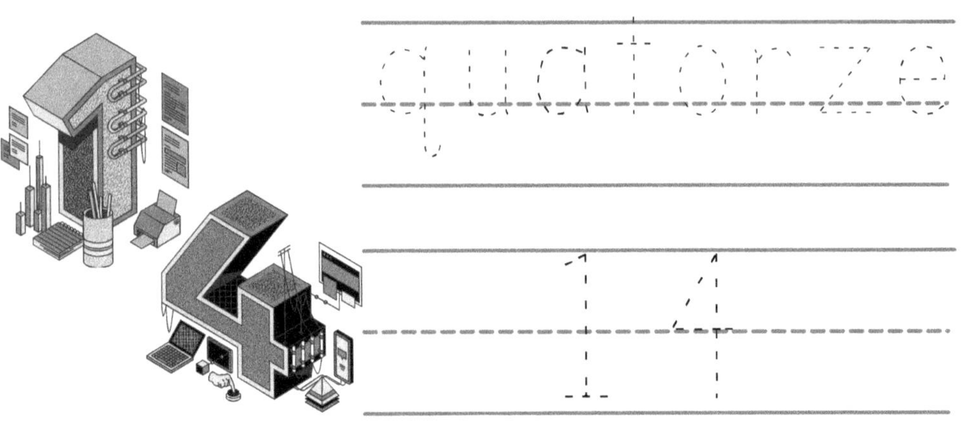

quatorze
14

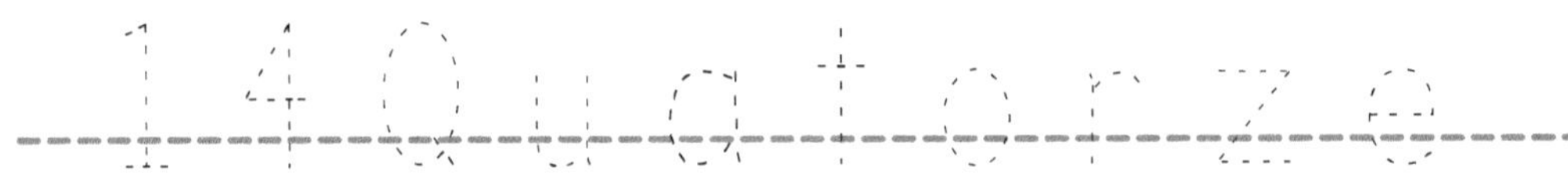

14 Quatorze

COLORIE QUATORZE
COCCINELLES

ENTOURE LES
QUATORZE
5   14   3
14   5   4
3   5   2
4   14   1
10   2   4

TRACE LES MOTS ET LES CHIFFRES CI-DESSOUS.

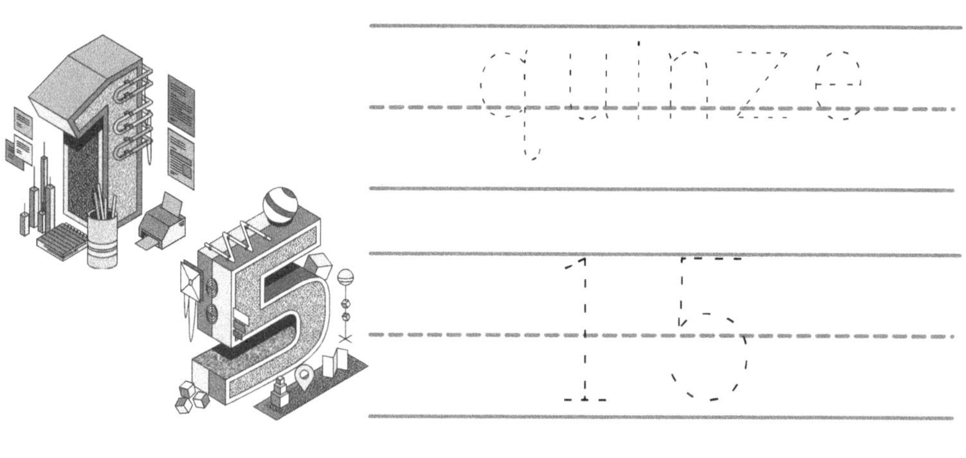

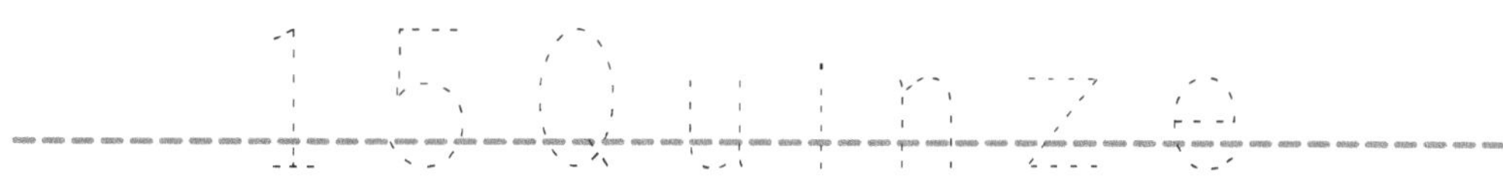

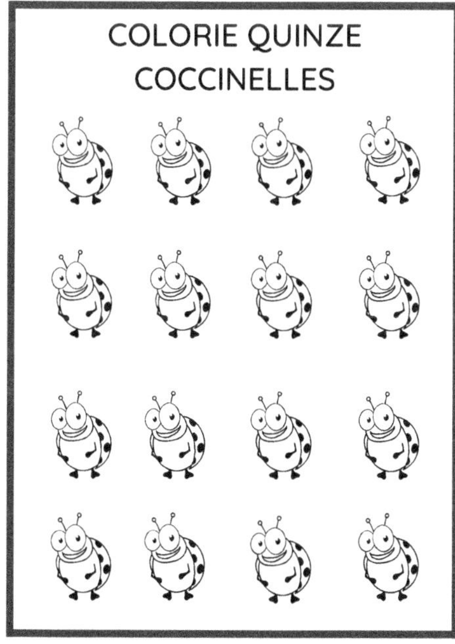

COLORIE QUINZE COCCINELLES

ENTOURE LES QUINZE

5	14	3
14	5	4
15	5	2
4	14	15
15	2	4

TRACE LES MOTS ET LES CHIFFRES CI-DESSOUS.

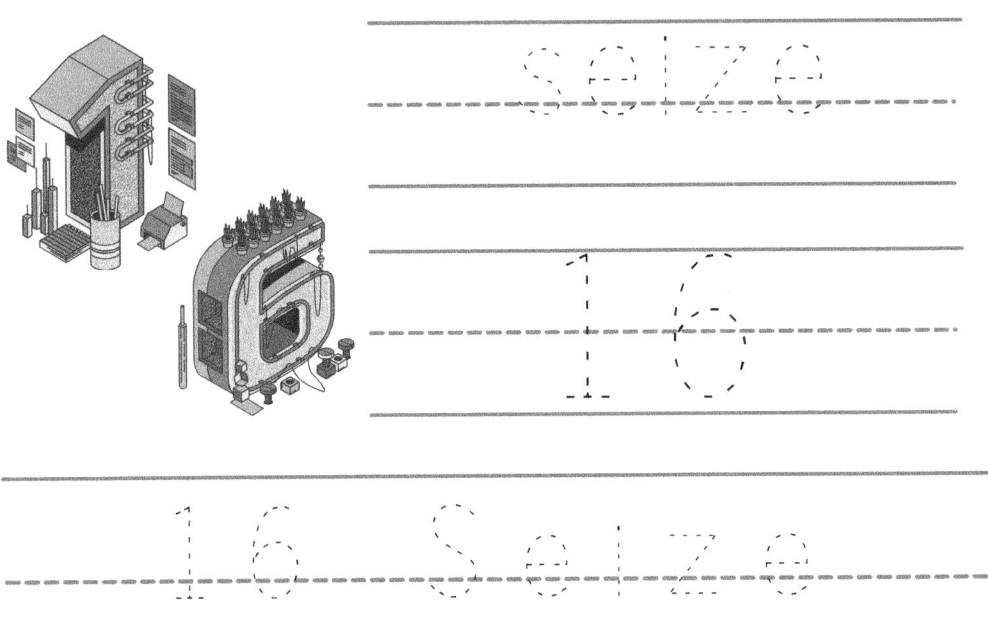

COLORIE SEIZE COCCINELLES

ENTOURE LES SEIZE

5	14	3
14	5	4
3	16	2
16	14	1
10	2	16

TRACE LES MOTS ET LES CHIFFRES CI-DESSOUS.

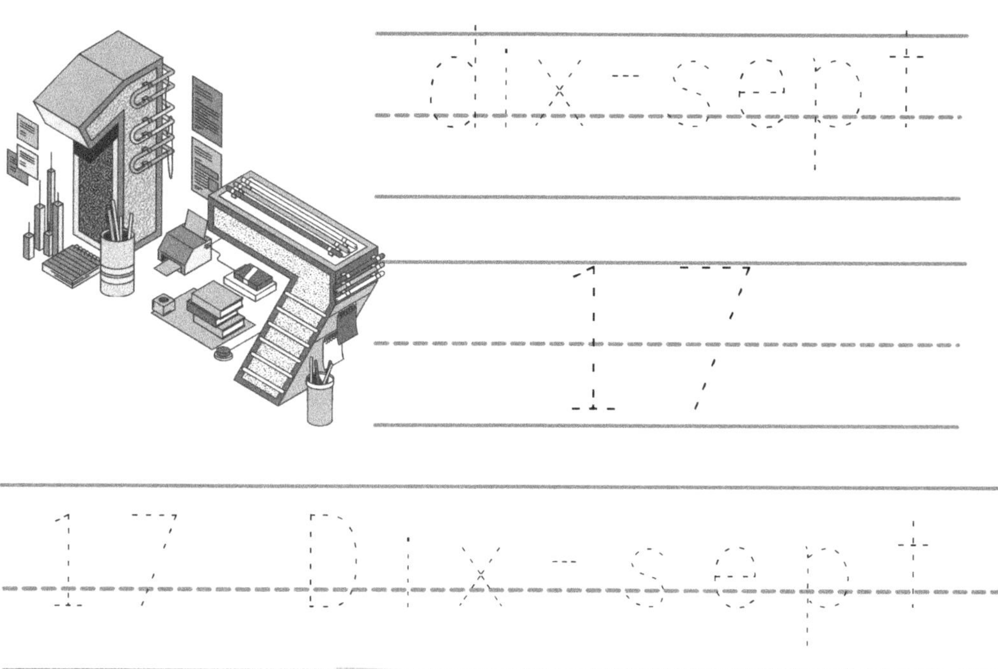

dix-sept

17

17 Dix-sept

TRACE LES MOTS ET LES CHIFFRES CI-DESSOUS.

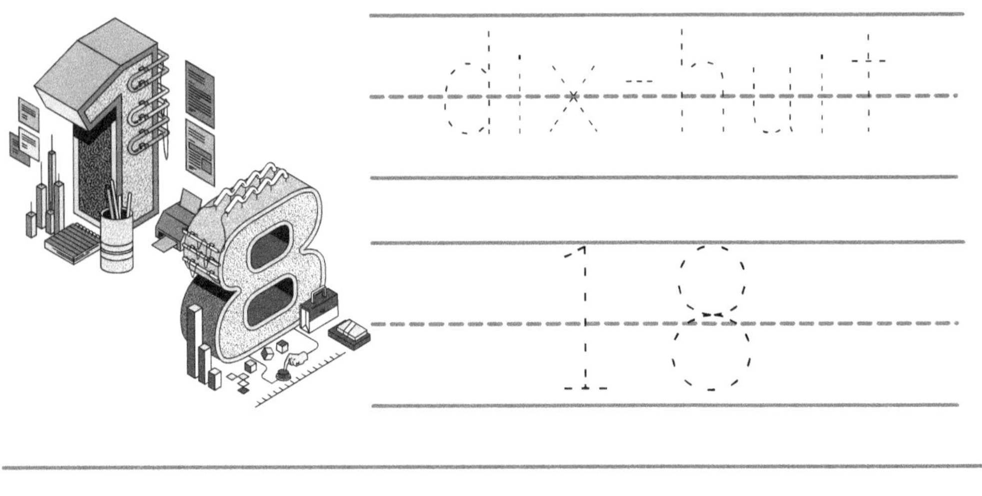

COLORIE DIX-HUIT COCCINELLES

ENTOURE LES DIX-HUIT

17	14	18
14	5	17
18	17	2
4	18	1
17	2	4

TRACE LES MOTS ET LES CHIFFRES CI-DESSOUS.

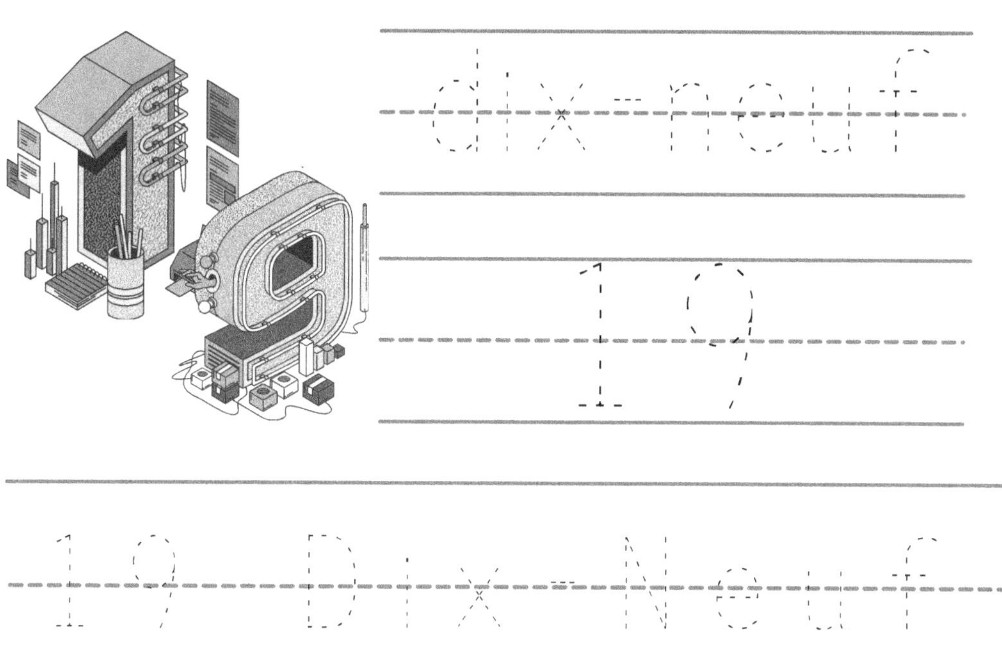

dix-neuf

19

19 Dix-Neuf

COLORIE DIX-NEUF COCCINELLES

ENTOURE LES DIX-NEUF

17	19	3
14	5	17
19	17	2
4	14	1
17	19	4

TRACE LES MOTS ET LES CHIFFRES CI-DESSOUS.

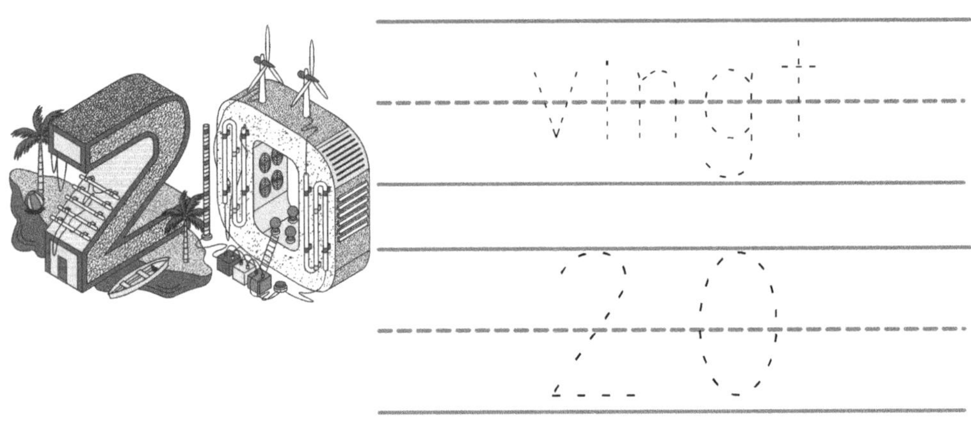

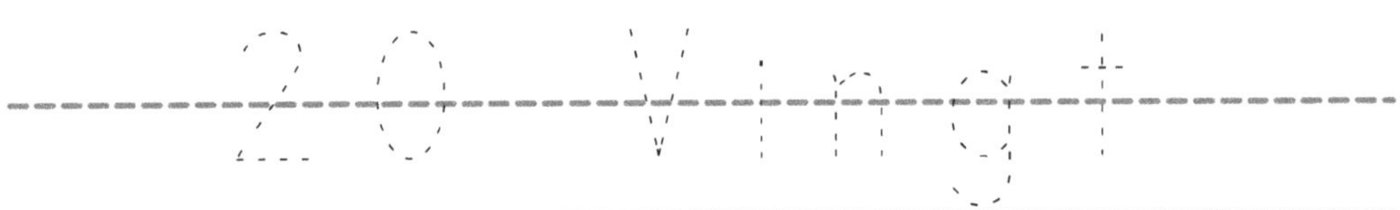

COLORIE VINGT COCCINELLES

ENTOURE LES VINGT

17	19	3
14	20	17
19	17	2
20	14	20
17	19	20

TRACE LES MOTS ET LES CHIFFRES CI-DESSOUS.

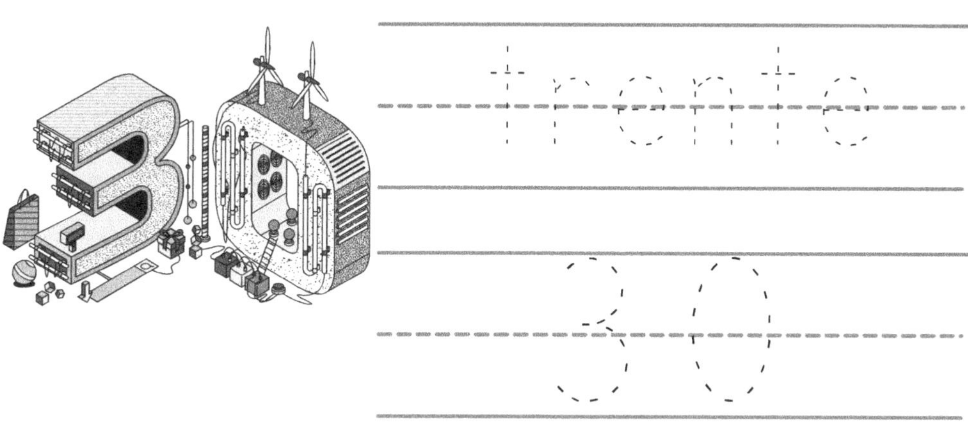

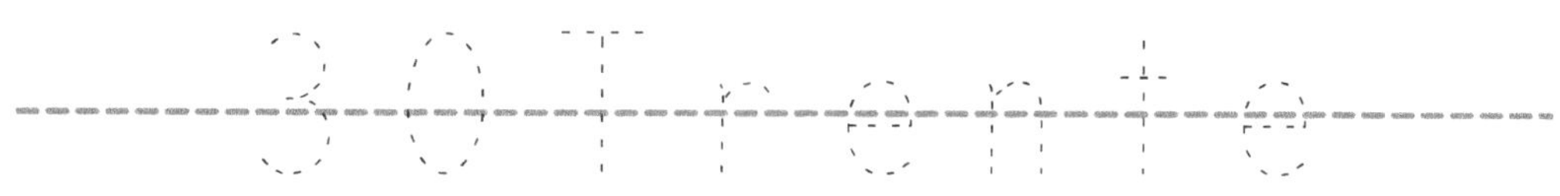

COLORIE TRENTE COCCINELLES

ENTOURE LES TRENTE

30	19	3
14	5	17
19	30	2
30	14	1
17	30	4

TRACE LES MOTS ET LES CHIFFRES CI-DESSOUS.

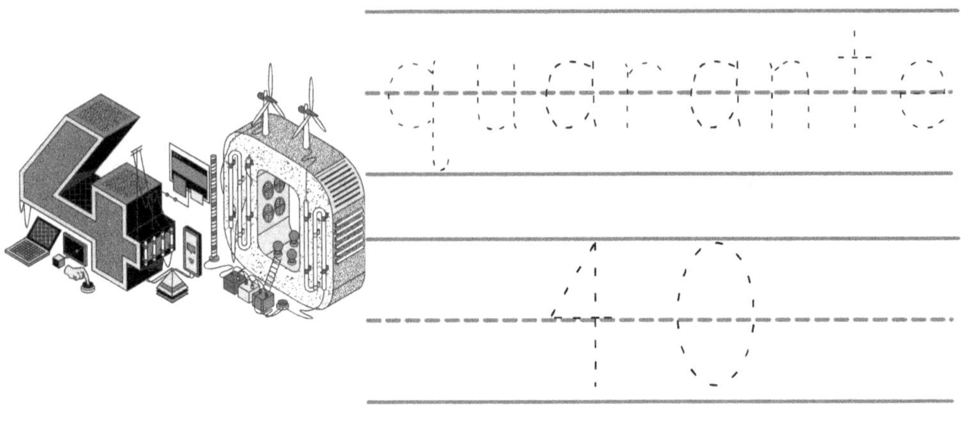

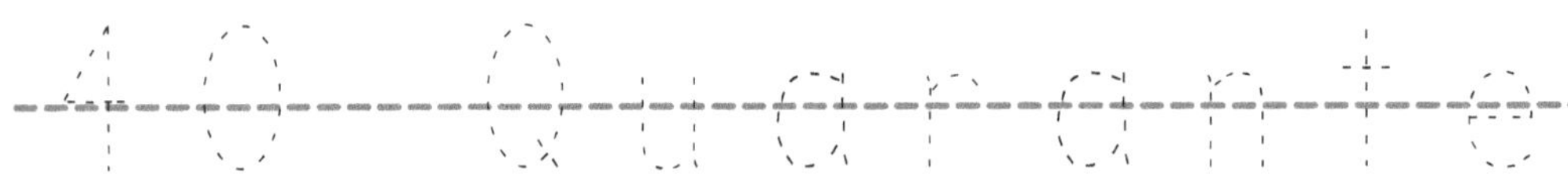

COLORIE QUARANTE COCCINELLES

ENTOURE LES QUARANTE

30	19	3
14	5	17
19	40	40
30	14	1
17	40	4

TRACE LES MOTS ET LES CHIFFRES CI-DESSOUS.

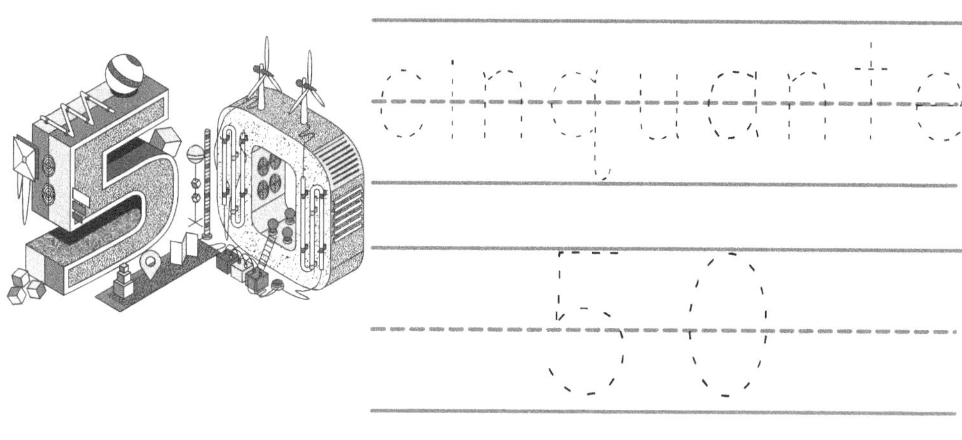

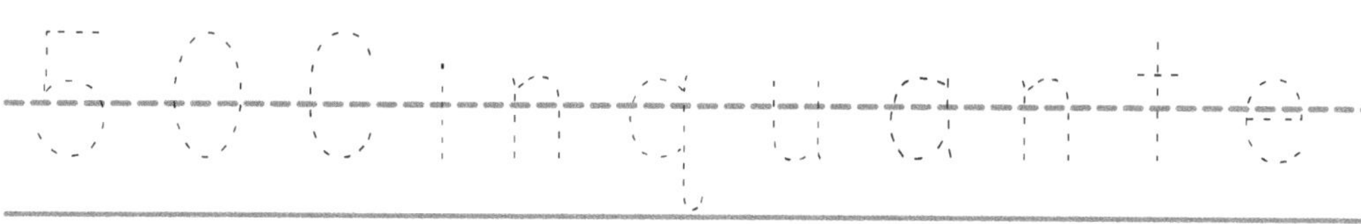

COLORIE CINQUANTE COCCINELLES

ENTOURE LES CINQUANTE

50	19	50
14	5	17
50	30	2
30	14	1
17	50	4

TRACE LES MOTS ET LES CHIFFRES CI-DESSOUS.

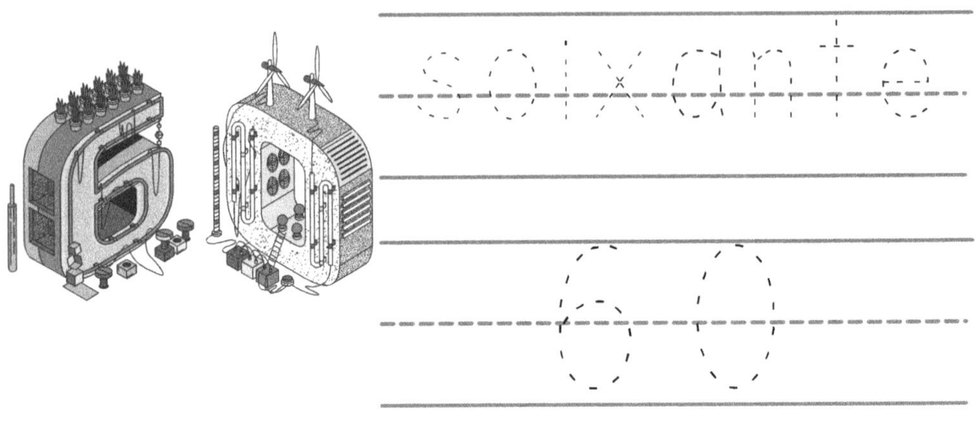

soixante

60

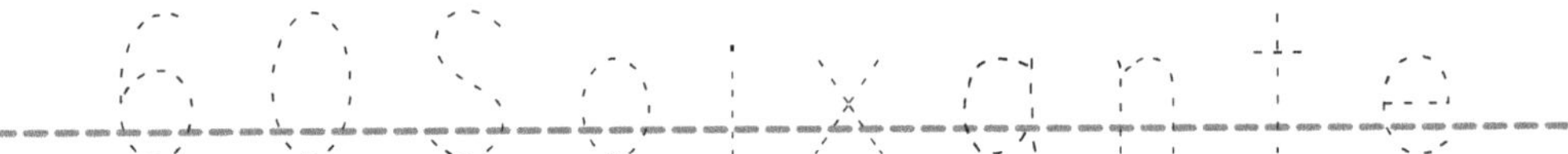

60 Soixante

COLORIE SOIXANTE COCCINELLES

ENTOURE LES SOIXANTE

60	19	50
14	5	17
50	30	60
60	14	1
17	50	4

TRACE LES MOTS ET LES CHIFFRES CI-DESSOUS.

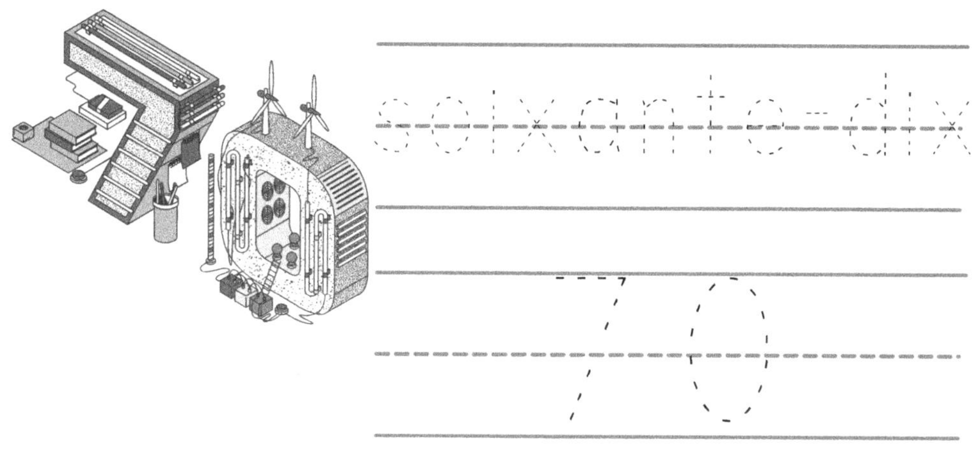

soixante-dix

70

70 Soixante-dix

COLORIE SOIXANTE-DIX COCCINELLES

ENTOURE LES SOIXANTE-DIX

70	19	57
14	5	17
70	34	60
65	14	1
17	70	4

TRACE LES MOTS ET LES CHIFFRES CI-DESSOUS.

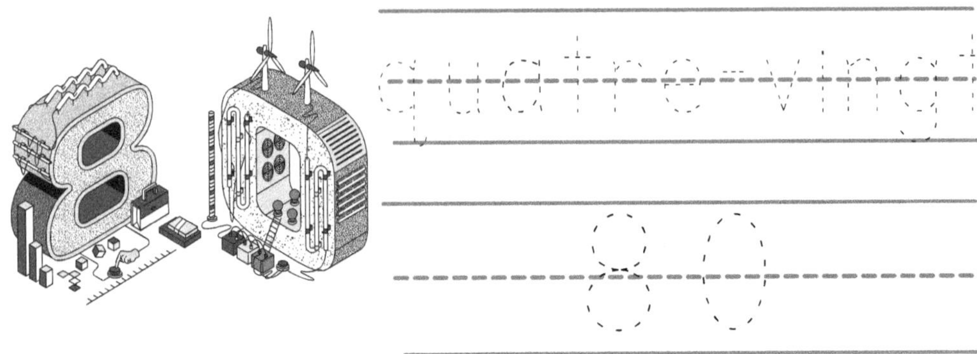

quatre-vingt

80

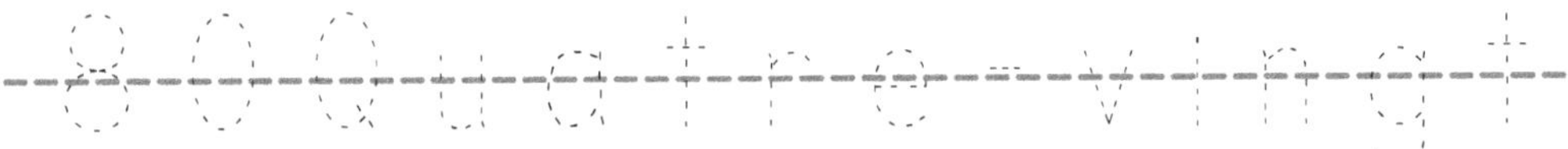

80 quatre-vingt

<table>
<tr><td>

COLORIE QUATRE-VINGT COCCINELLES

</td><td>

ENTOURE LES QUATRE-VINGT

43 65 77

2 19 57

14 80 17

44 34 60

65 80 1

3 70 4

</td></tr>
</table>

TRACE LES MOTS ET LES CHIFFRES CI-DESSOUS.

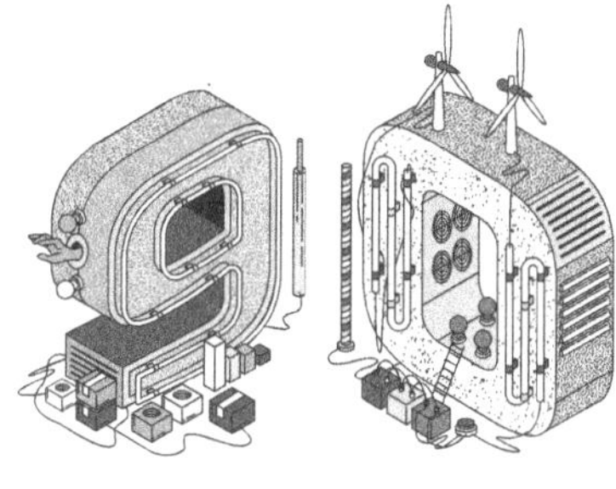

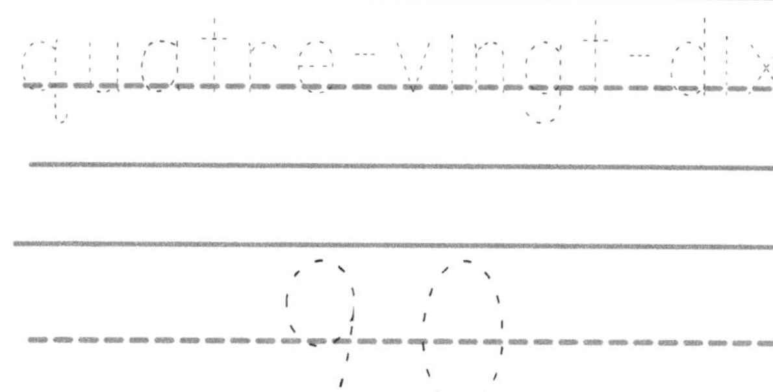

quatre-vingt-dix

90

Quatre-vingt-dix

<table>
<tr><td>

COLORIE QUATRE-VINGT-DIX COCCINELLES

</td><td>

ENTOURE LES QUATRE-VINGT-DIX

43   65   90

2   19   57

90   87   17

44   34   60

90   80   1

3   70   4

</td></tr>
</table>

TRACE LES MOTS ET LES CHIFFRES CI-DESSOUS.

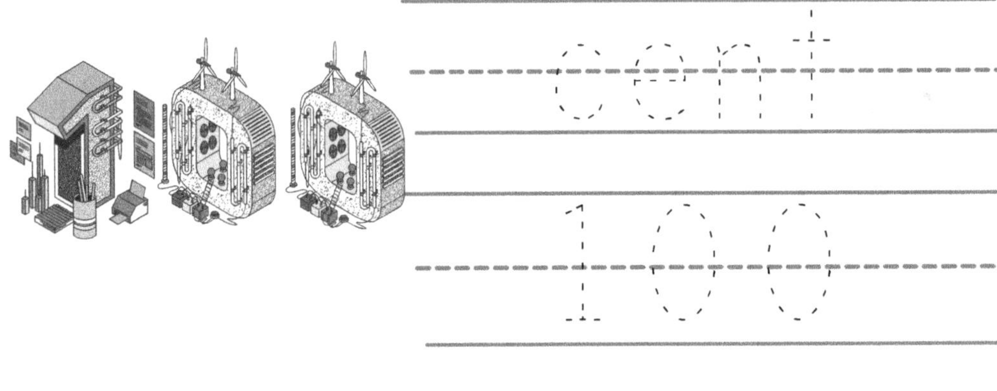

cent

100

100 Cent

<table>
<tr><td>

COLORIE CENT COCCINELLES

</td><td>

ENTOURE LES CENT

43   65   90

2   100   57

90   87   17

44   34   60

90   100   1

3   70   4

</td></tr>
</table>

les lettres

Colorie la lettre A

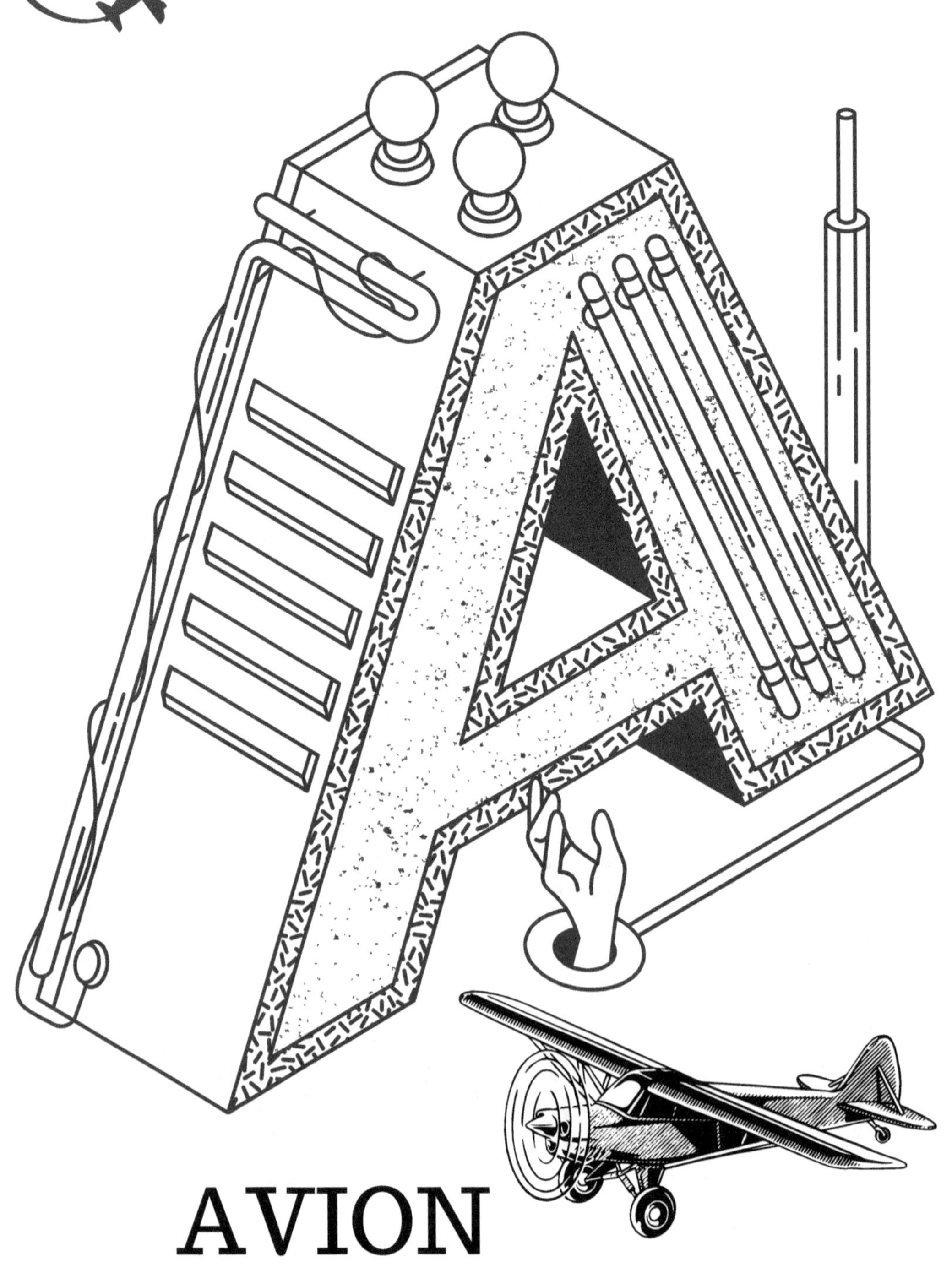

AVION

A

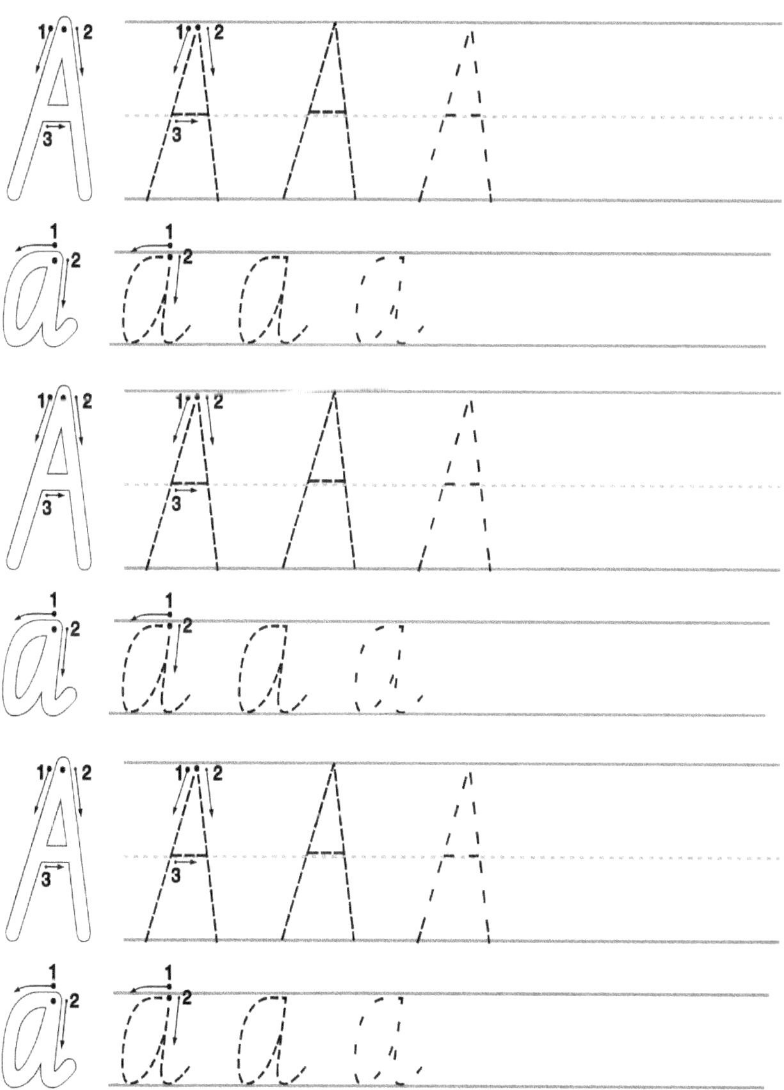

Colorie la lettre B

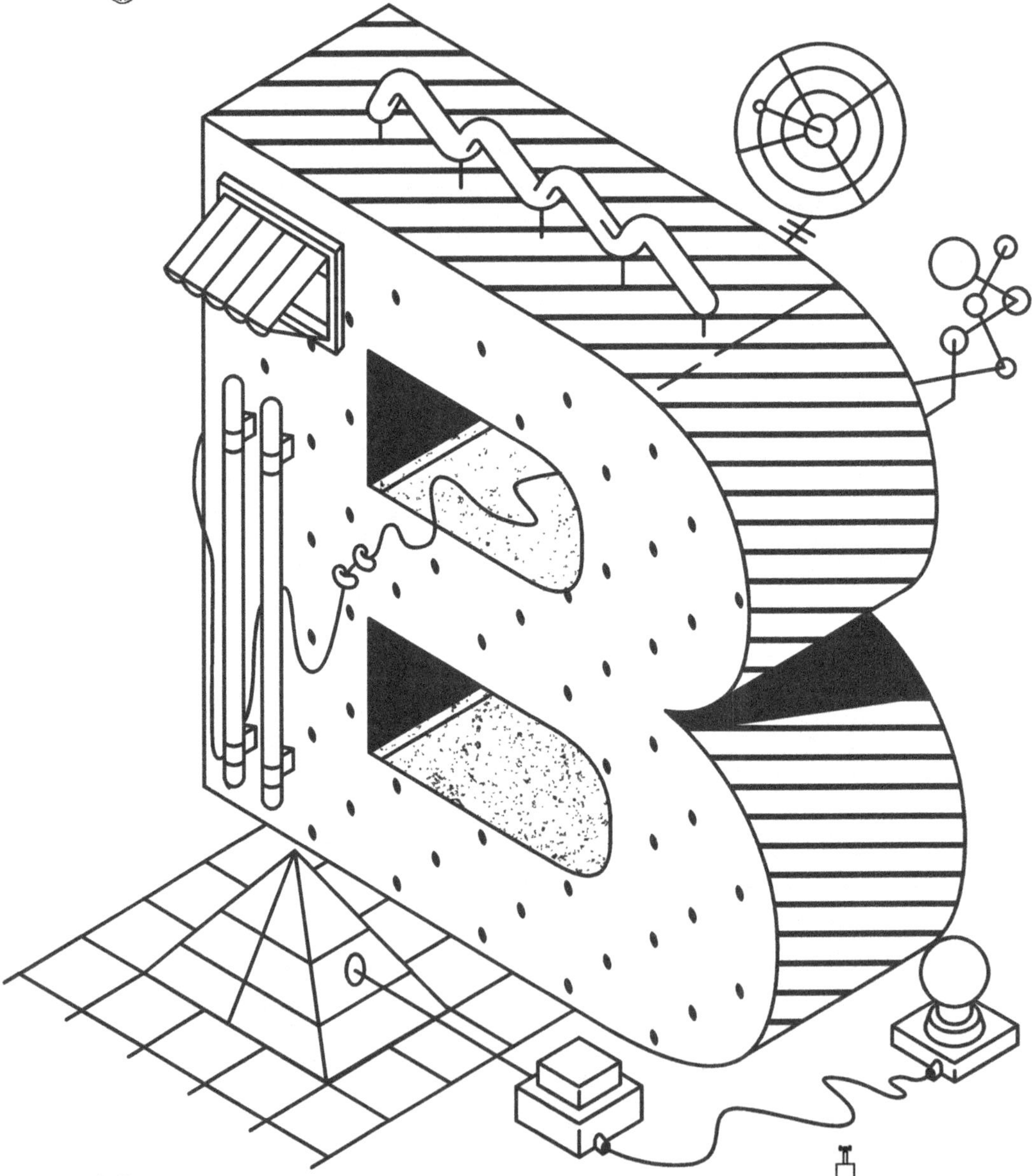

BATEAU

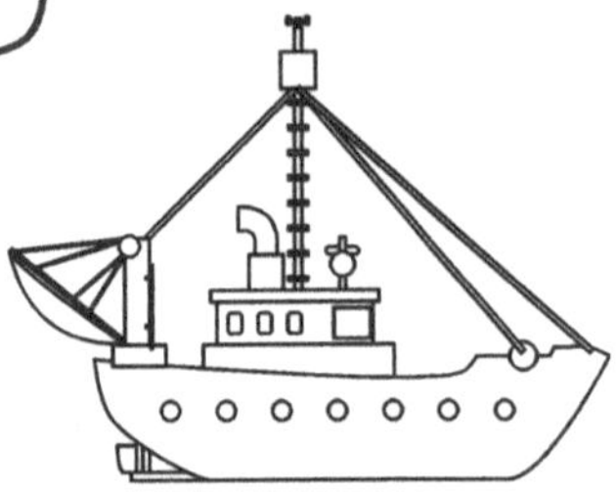

B

Colorie la lettre C

CHAT

C

C

C

Colorie la lettre D

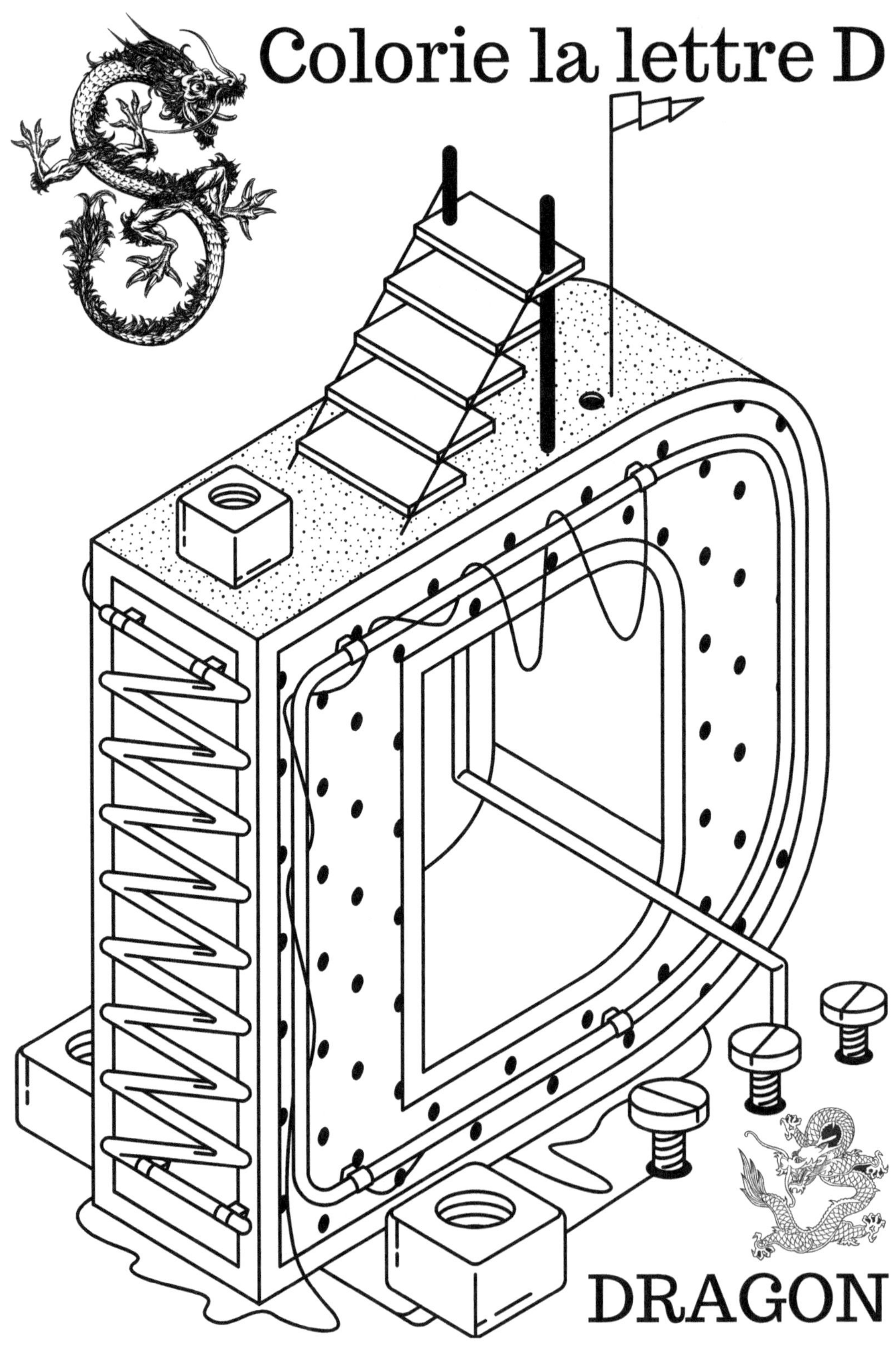

DRAGON

D

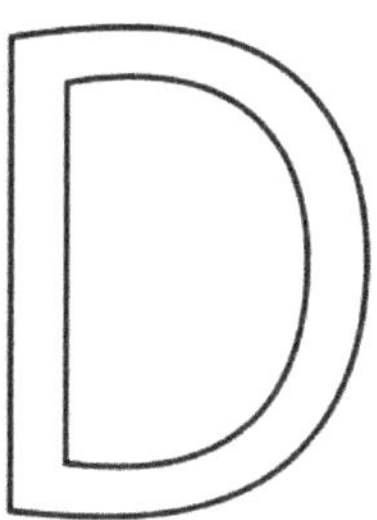

Colorie la lettre E

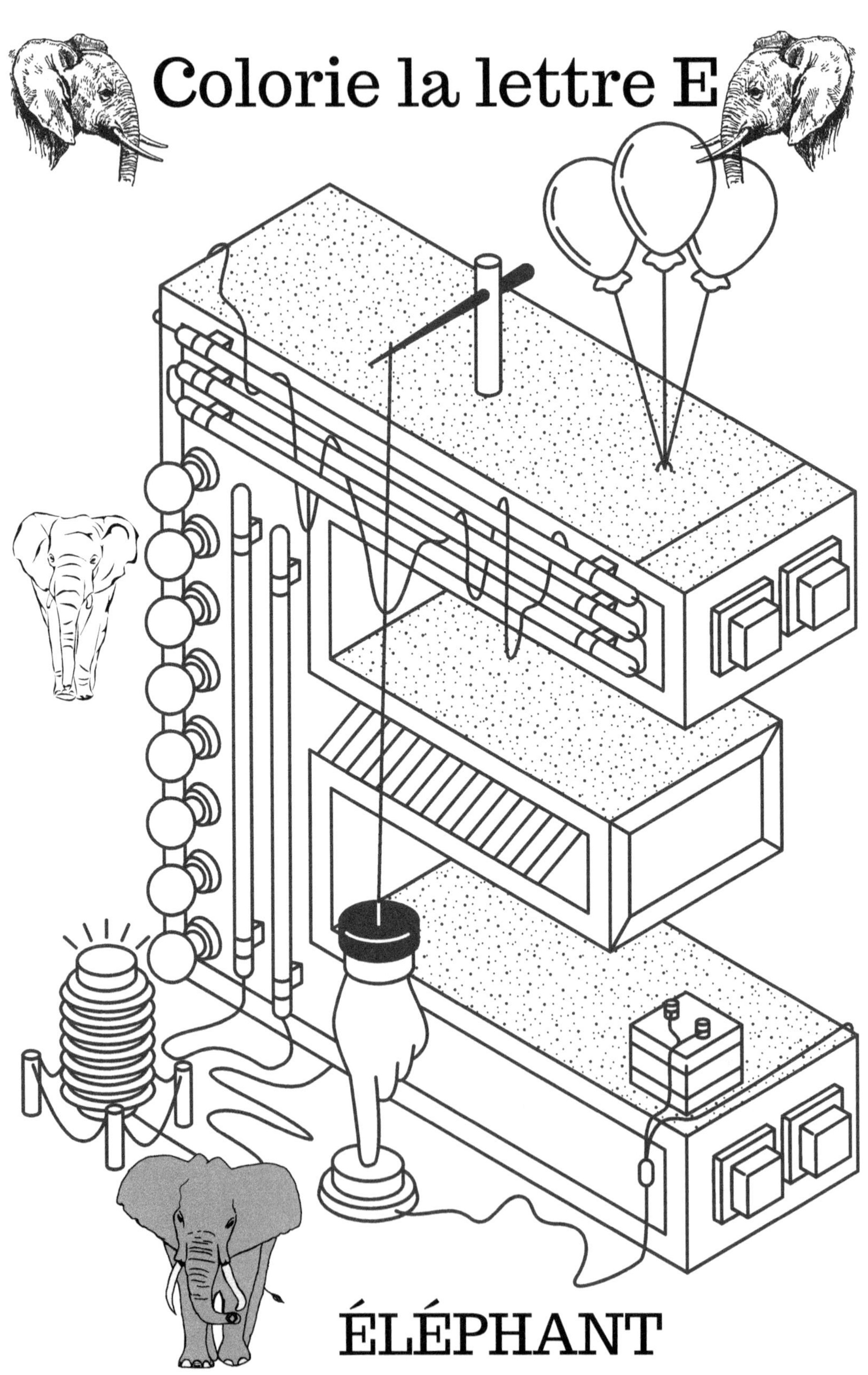

E

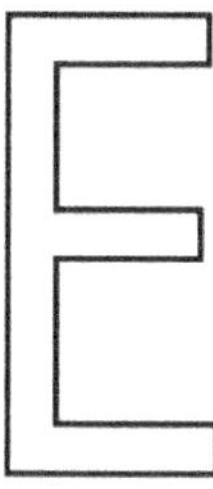

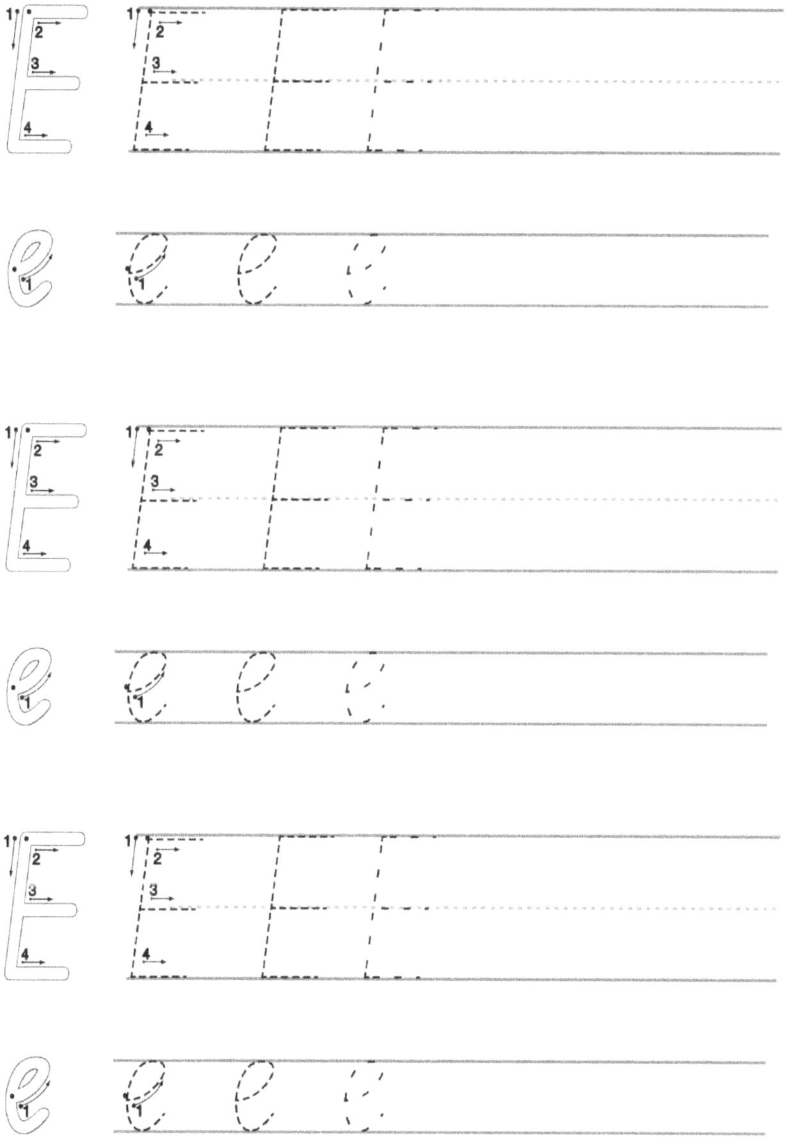

Colorie la lettre F

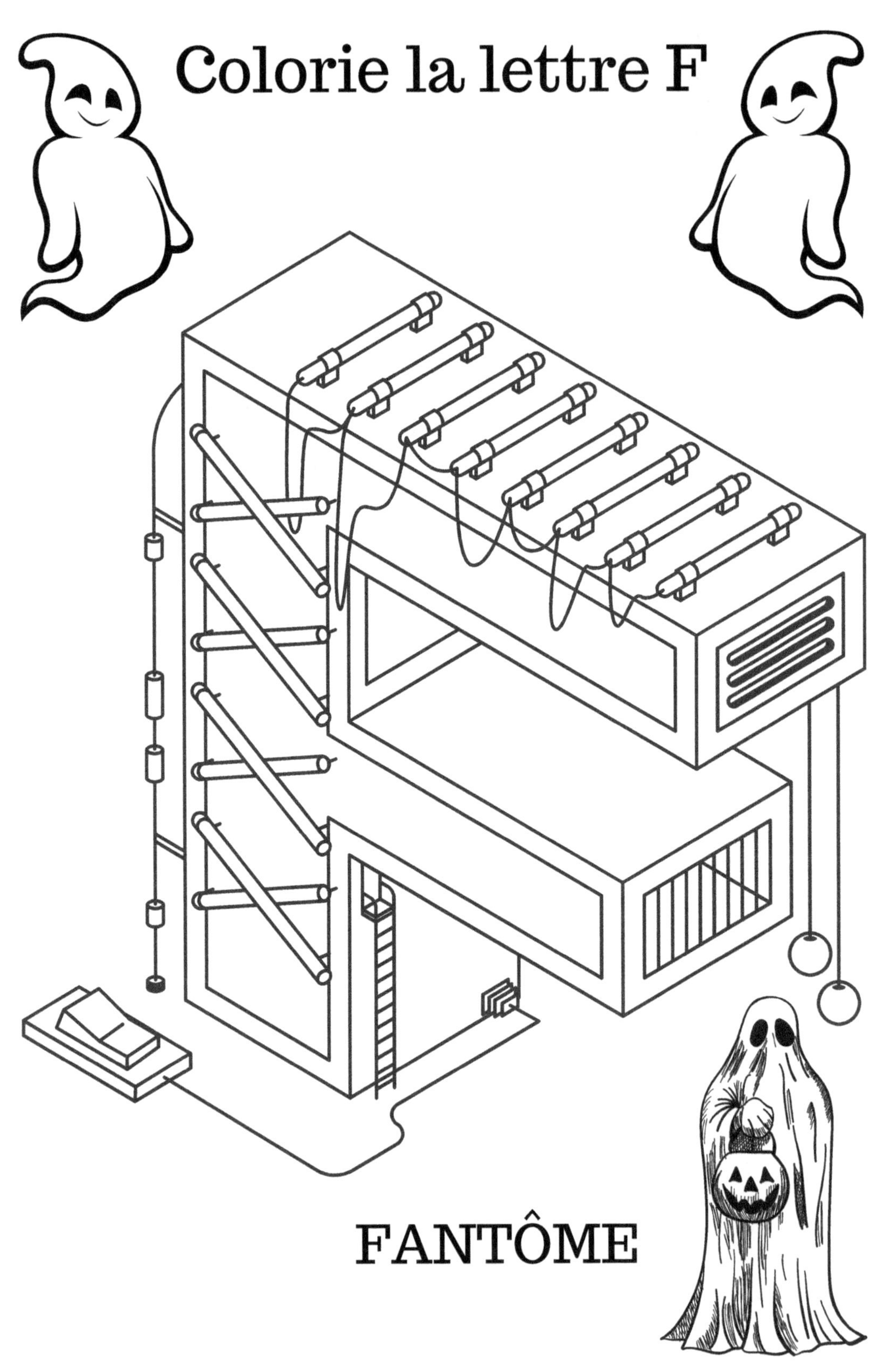

FANTÔME

F

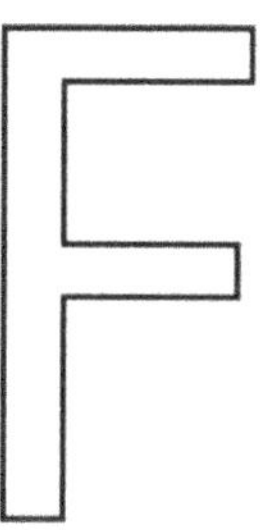

Colorie la lettre G

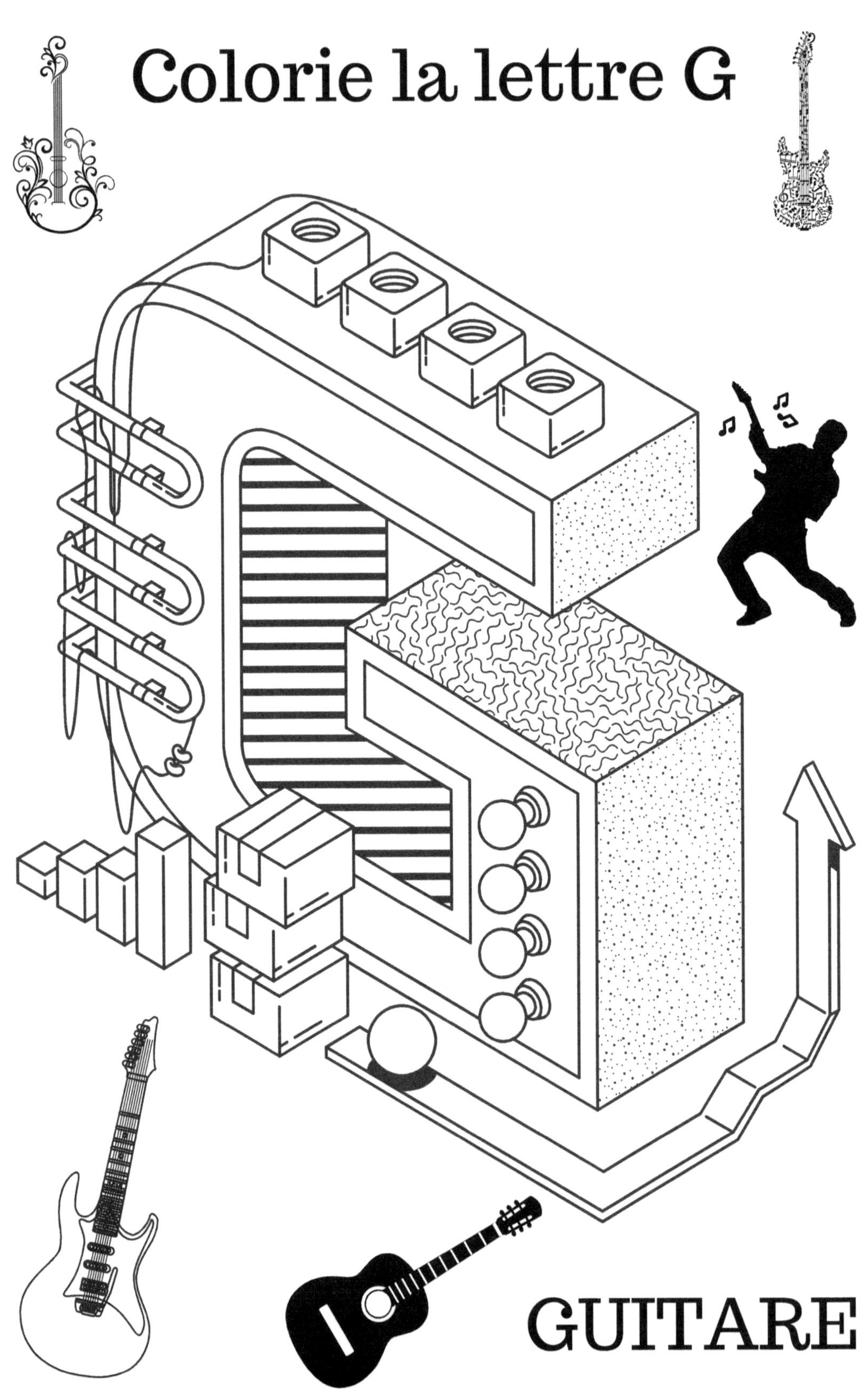

G

G

Colorie la lettre H

HÉLICOPTÈRE

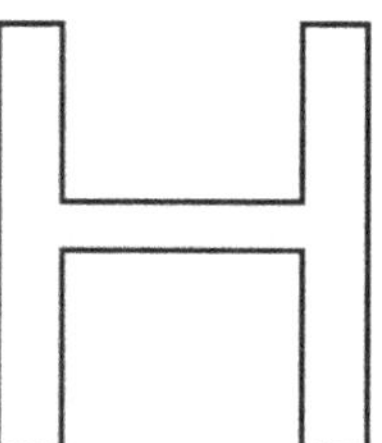

Colorie la lettre I

ÎLE

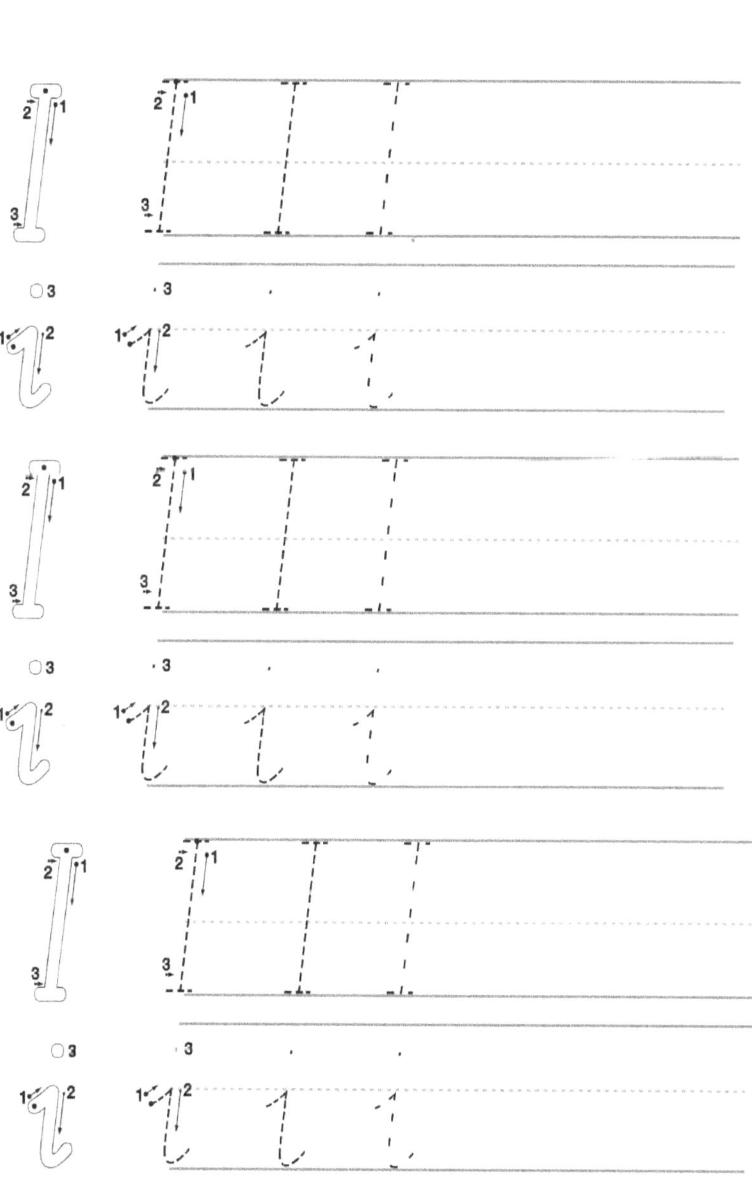

Colorie la lettre J

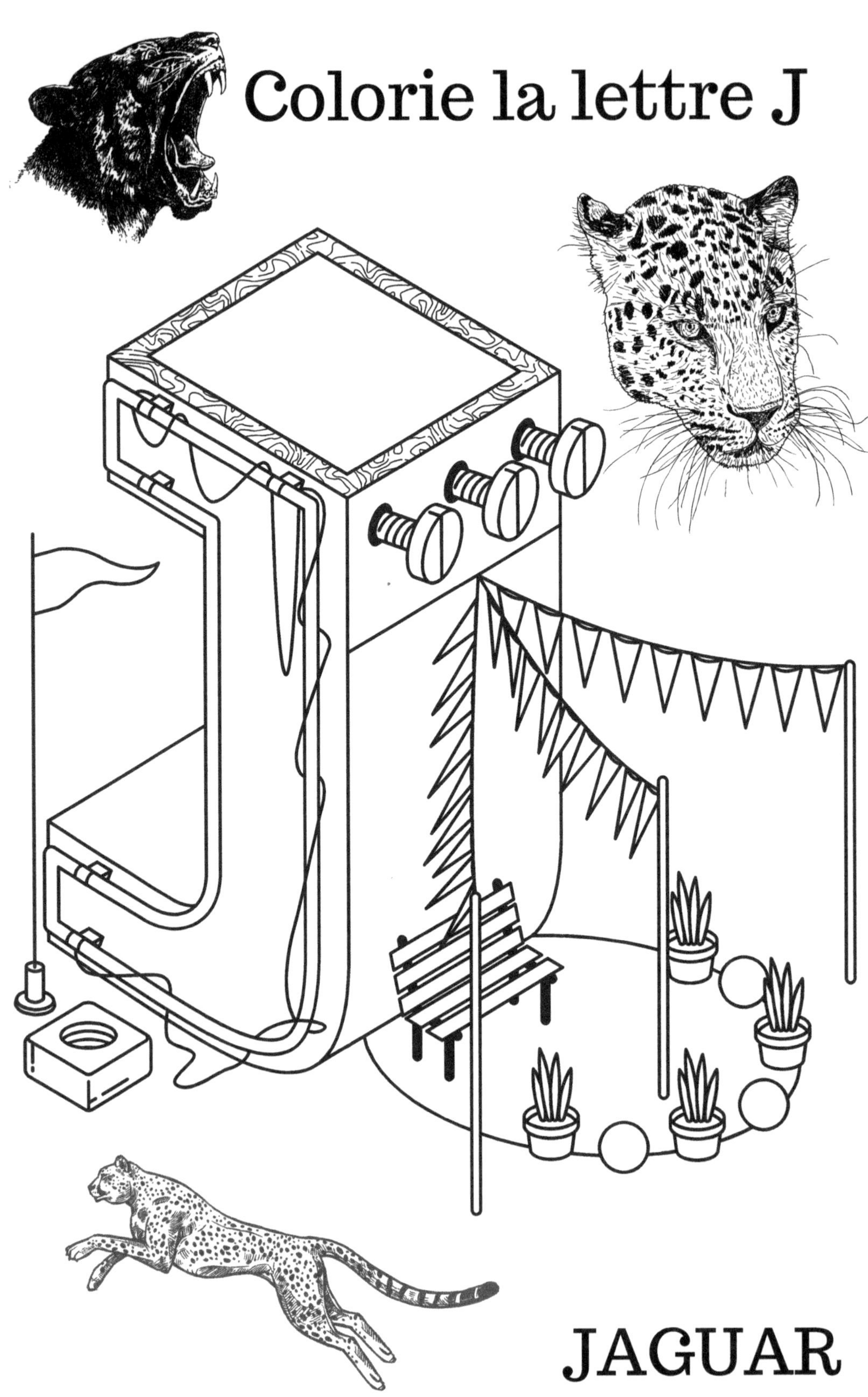

JAGUAR

J

J

Colorie la lettre K

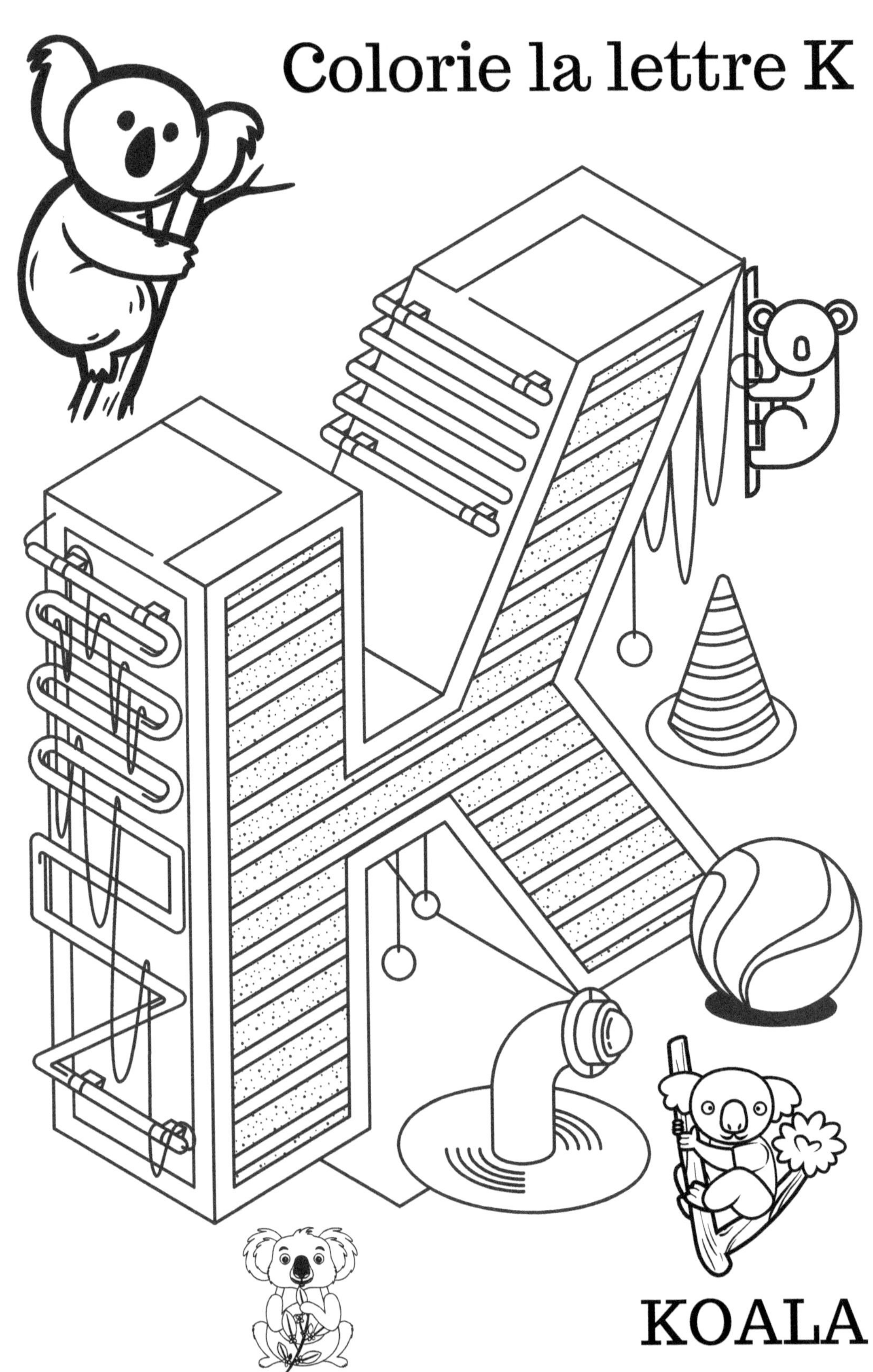

KOALA

K

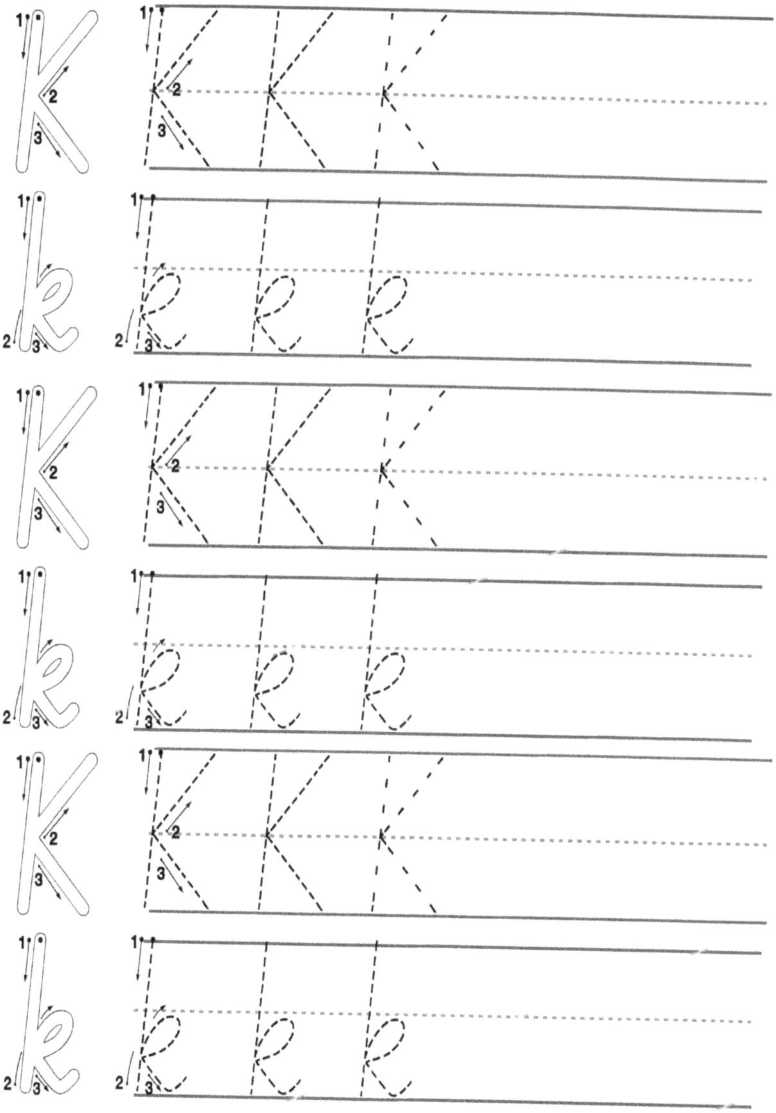

Colorie la lettre L
LICORNE

L

Colorie la lettre M

MOTO

M

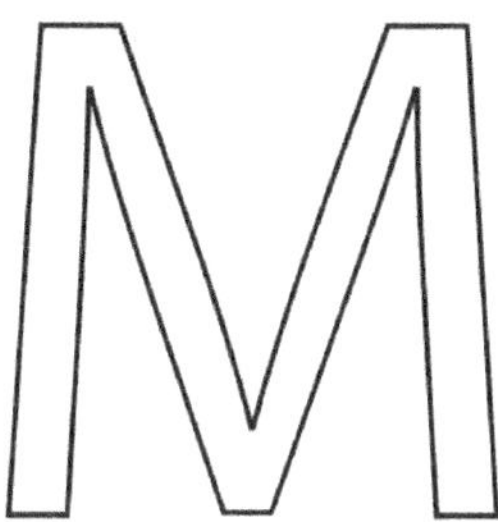

Colorie la lettre N

N

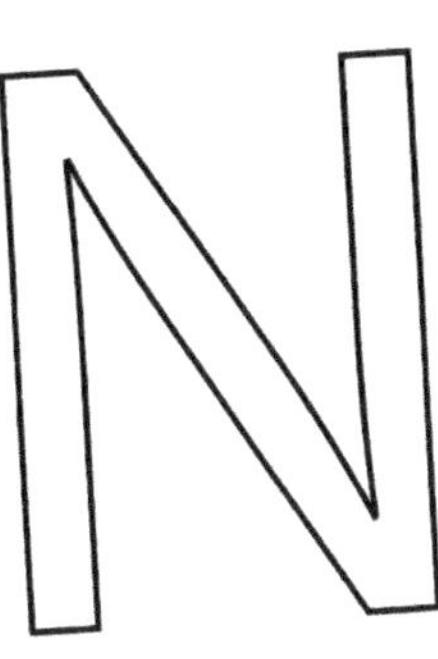

Colorie la lettre O

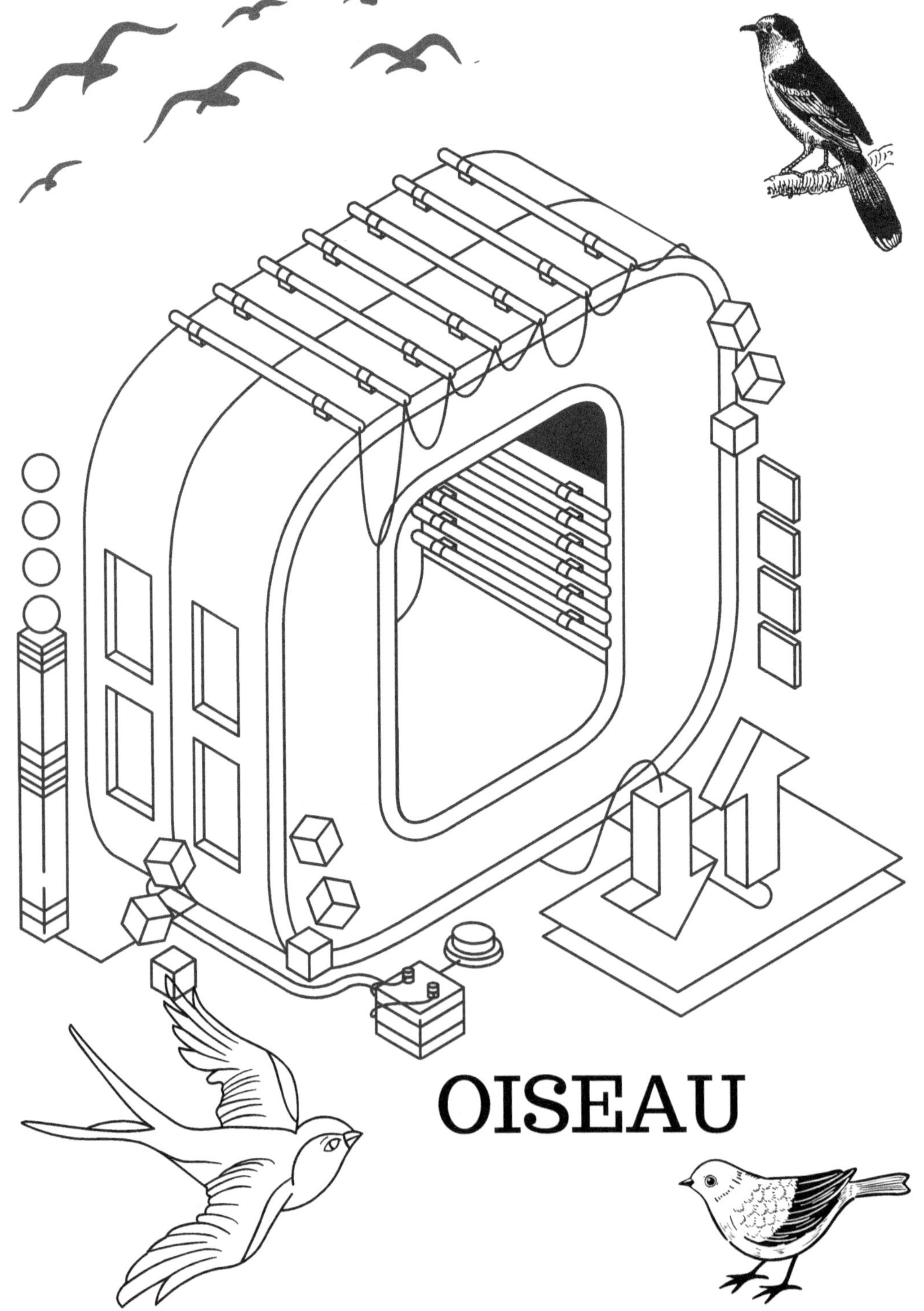

OISEAU

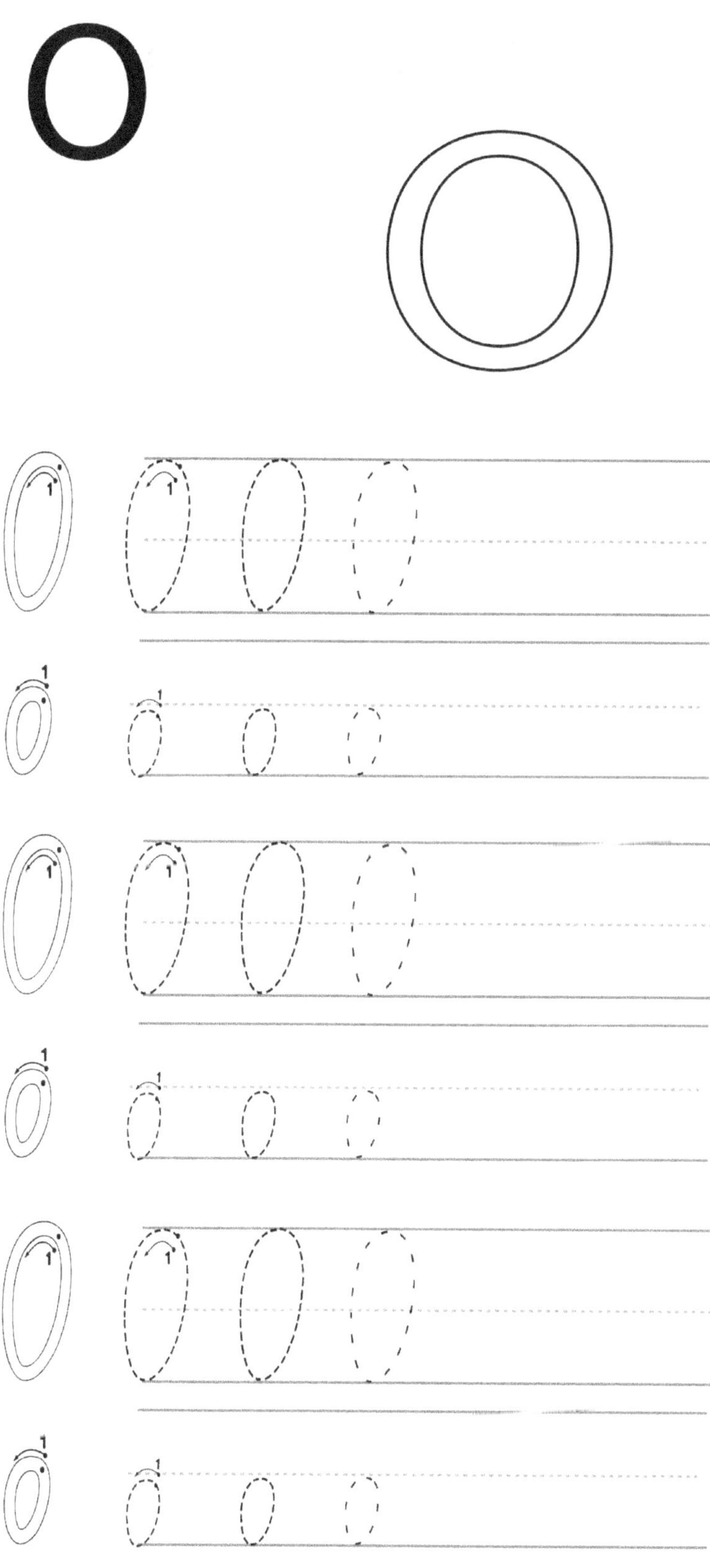

Colorie la lettre P

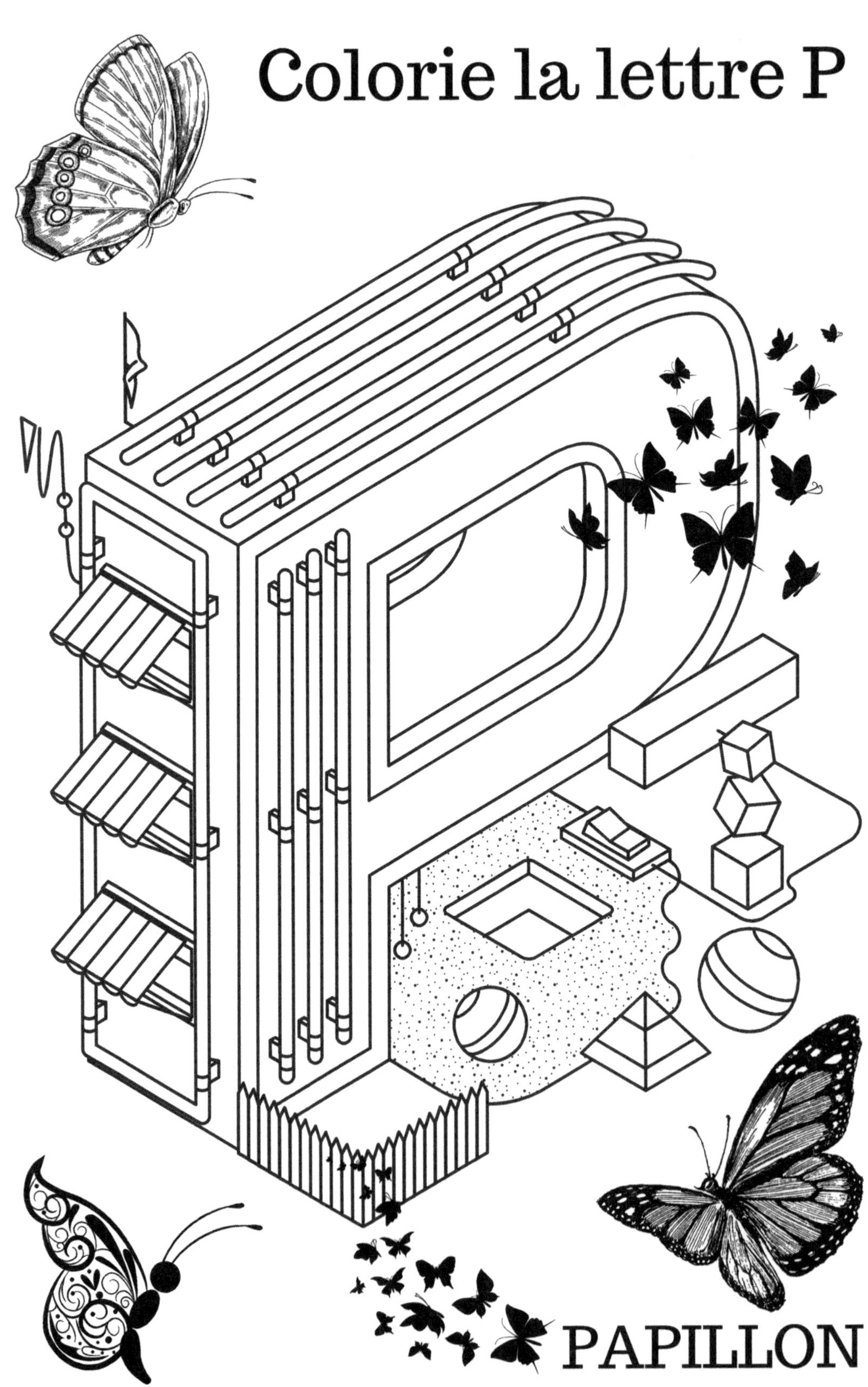

P

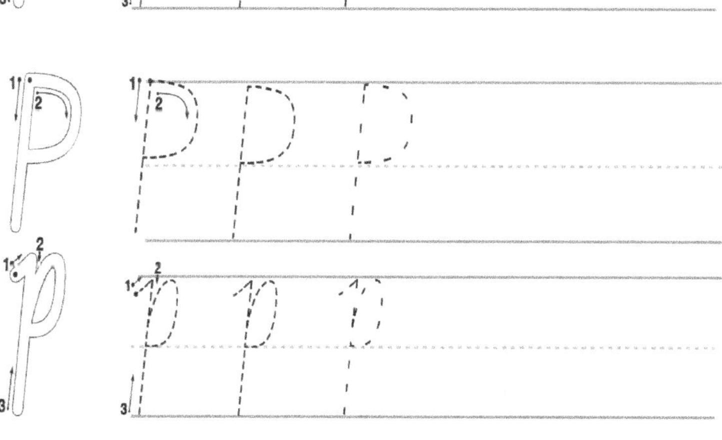

Colorie la lettre Q

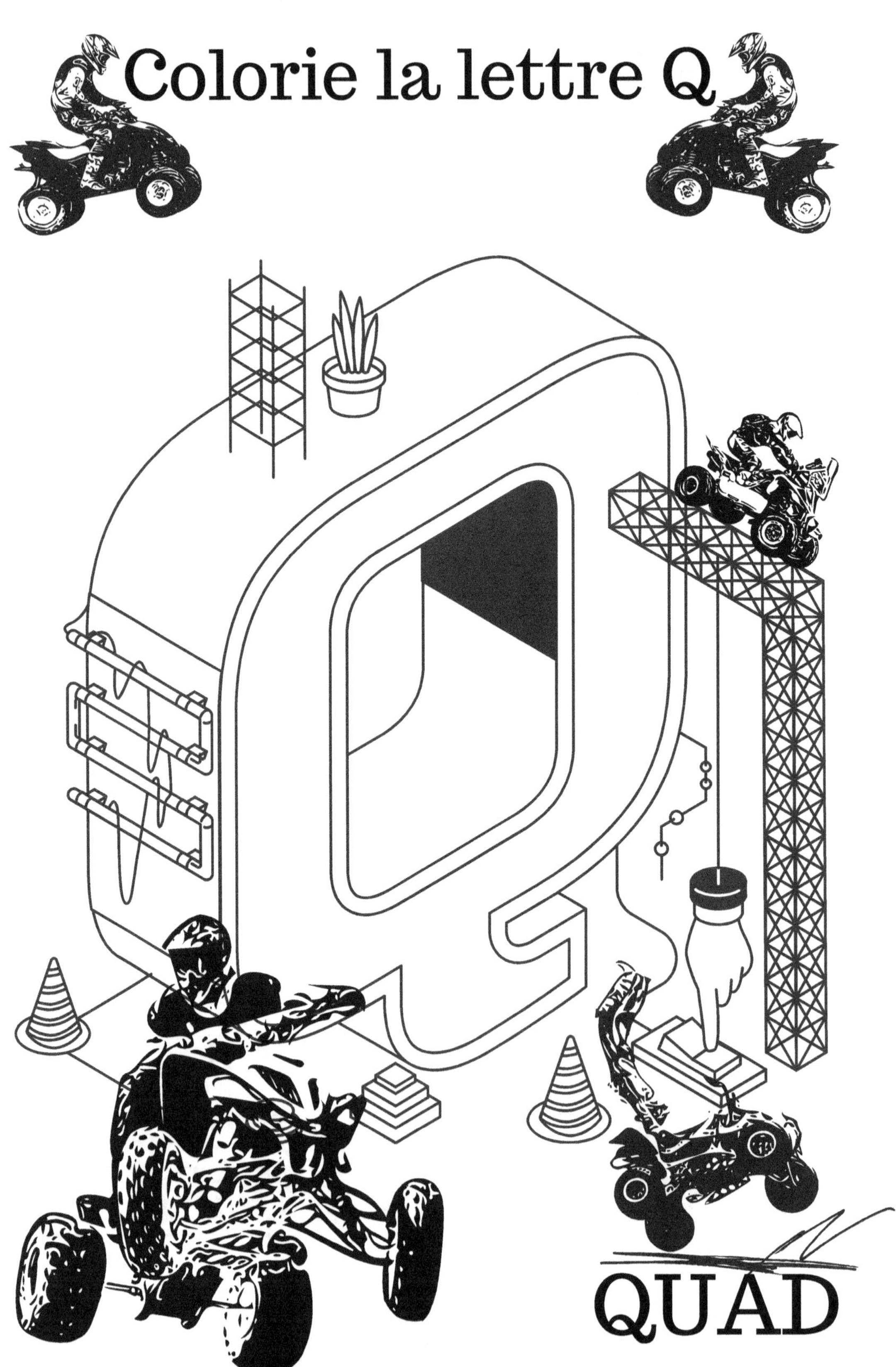

Q

Colorie la lettre R

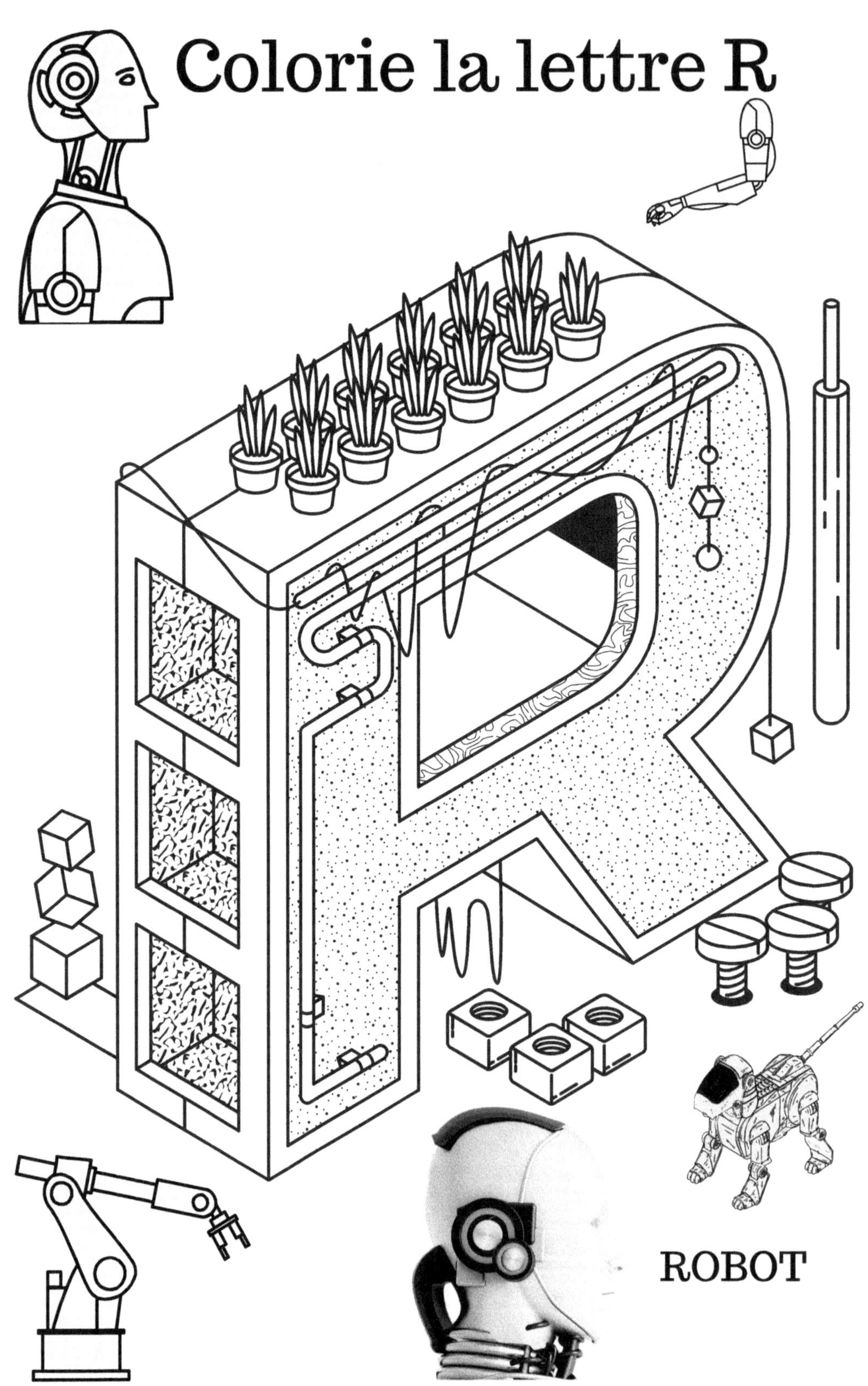

R

Colorie la lettre S

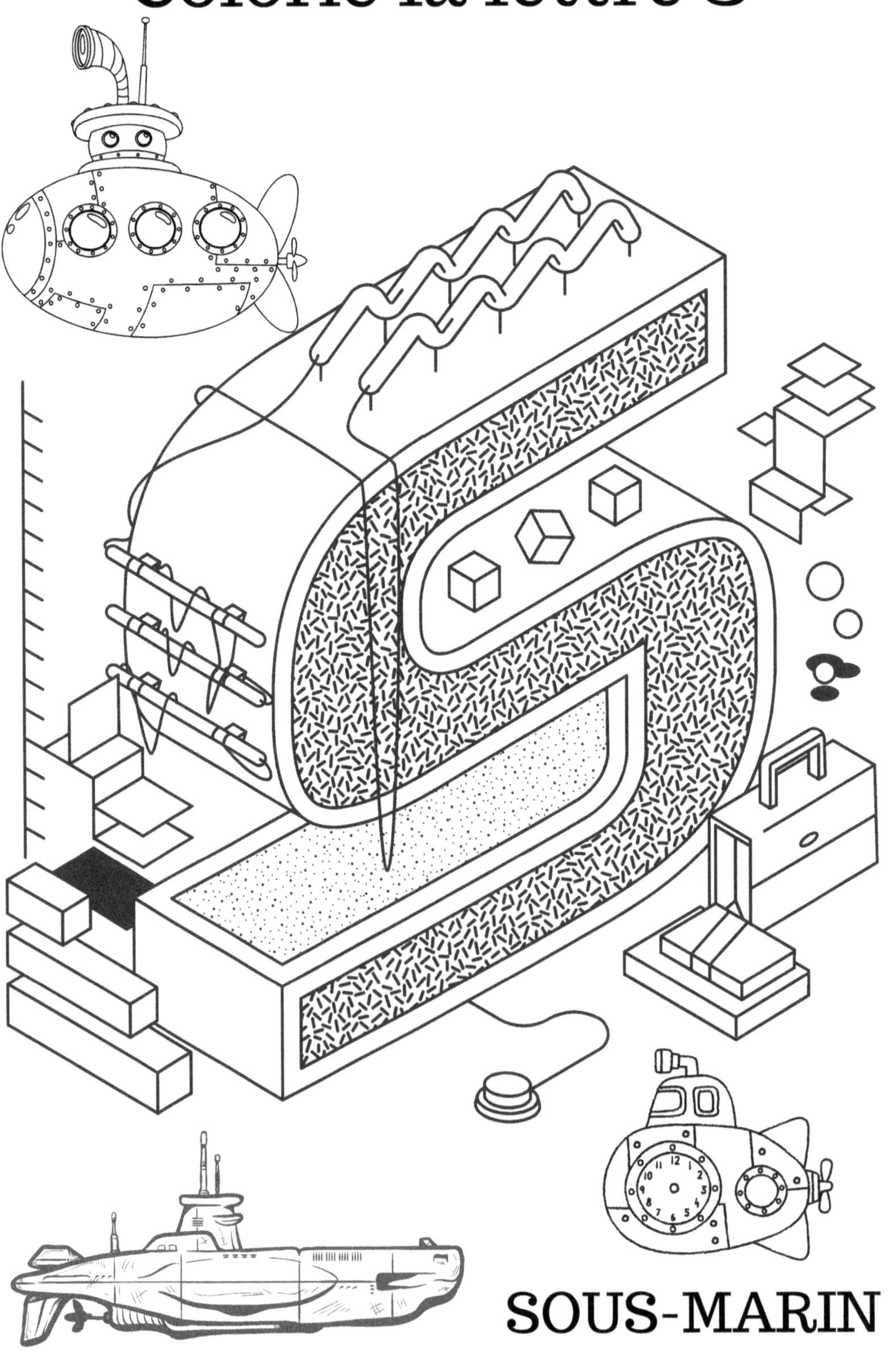

SOUS-MARIN

S S

Colorie la lettre T

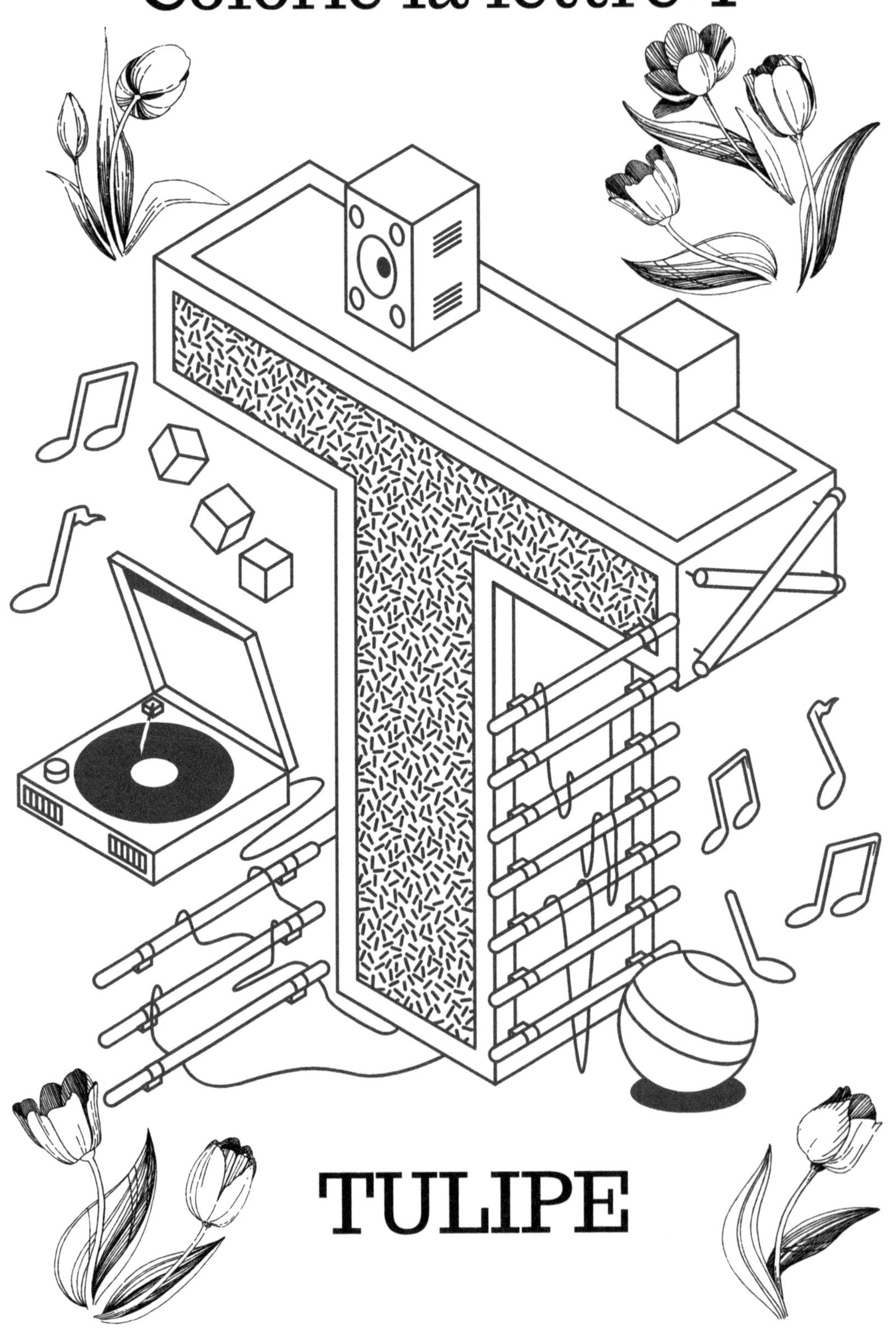

TULIPE

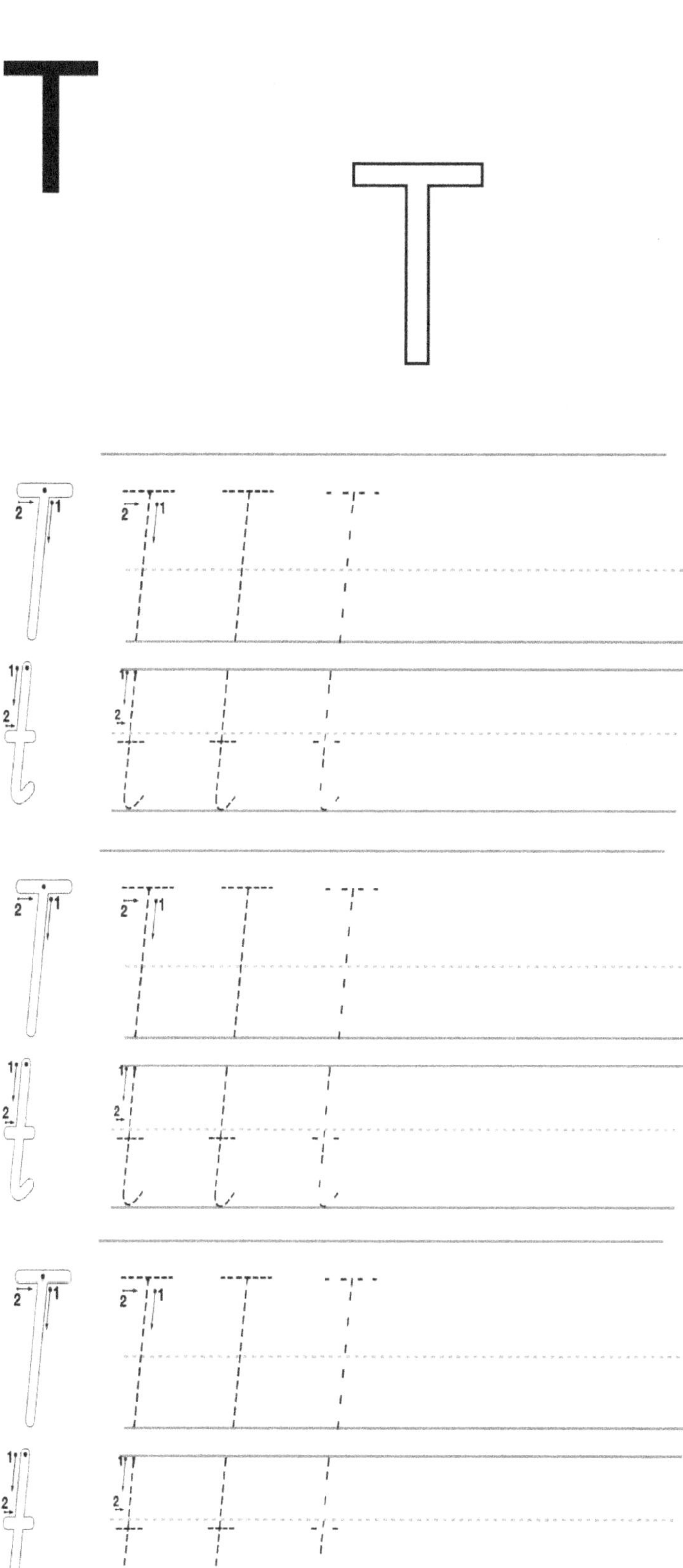

Colorie la lettre U

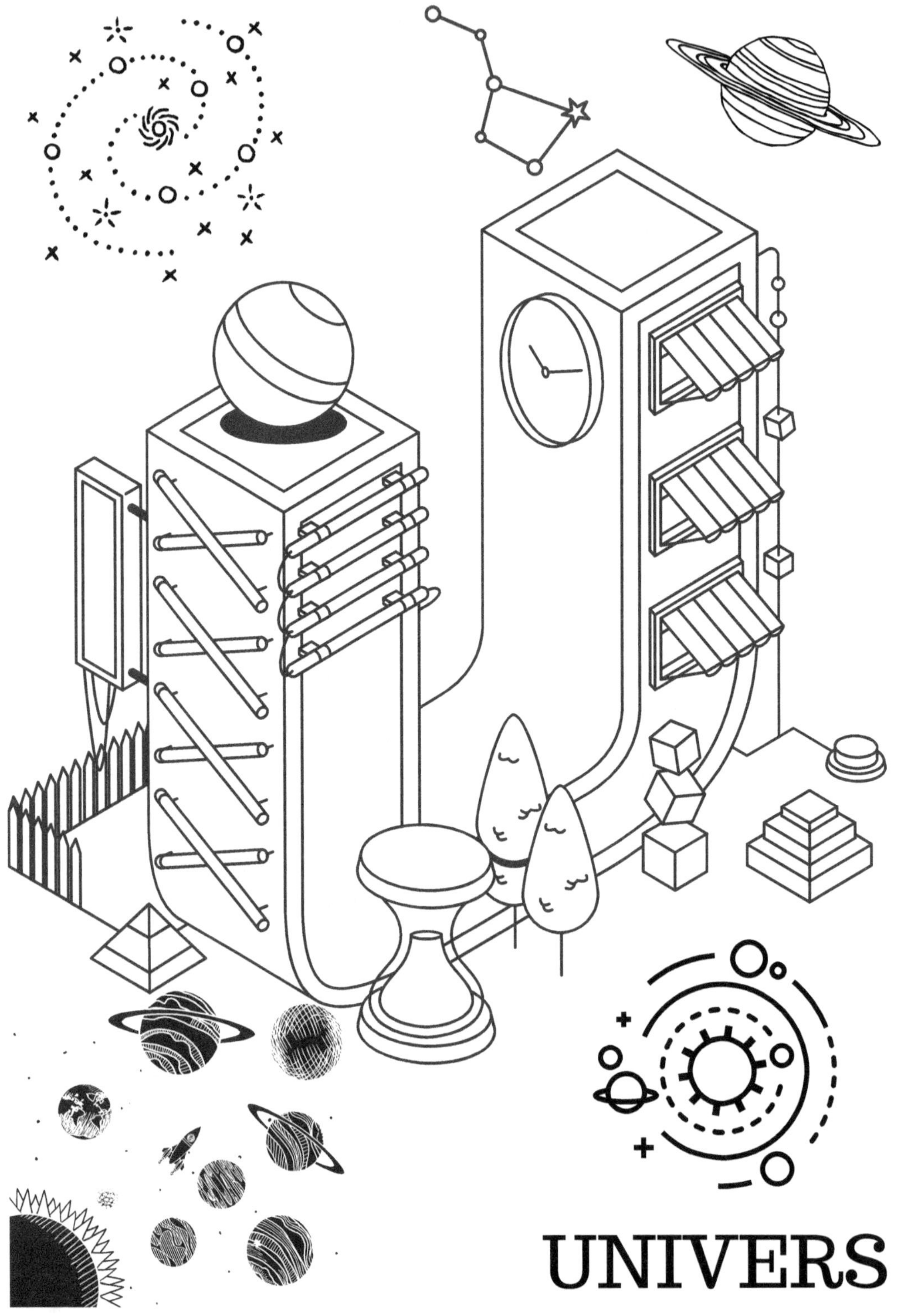

UNIVERS

U

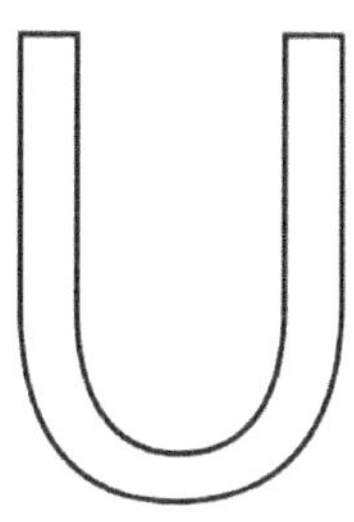

Colorie la lettre V

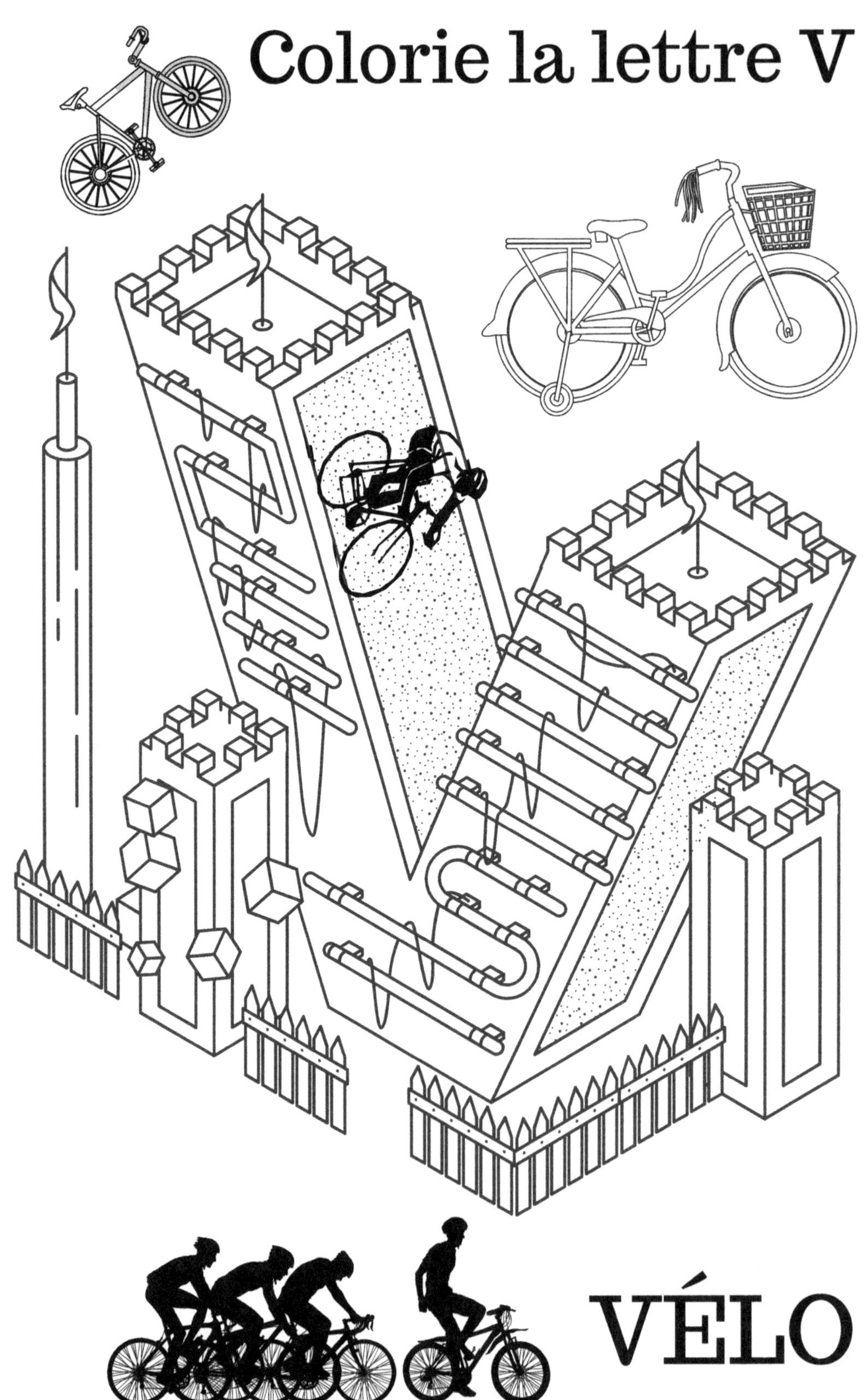

VÉLO

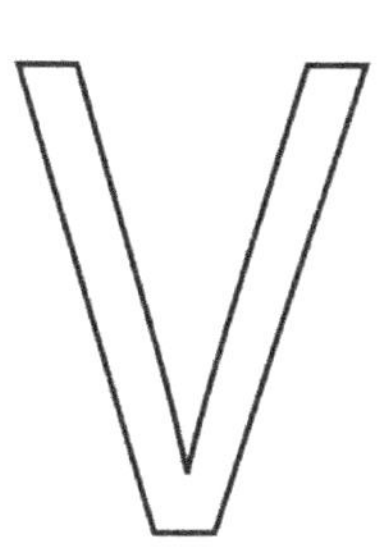

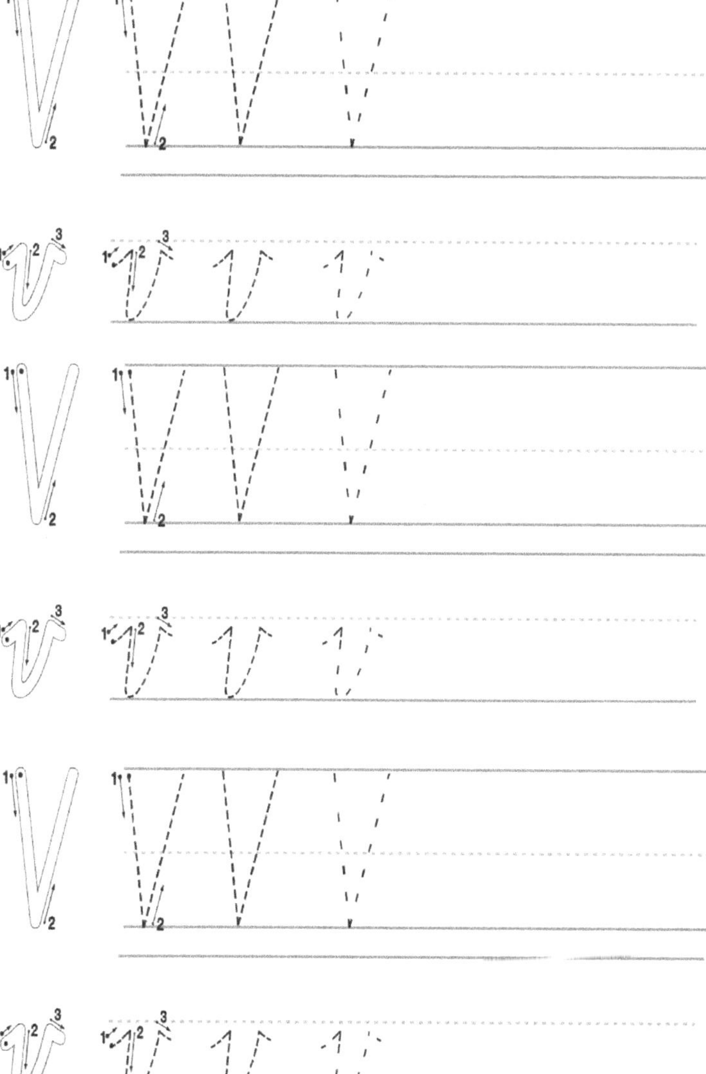

Colorie la lettre W

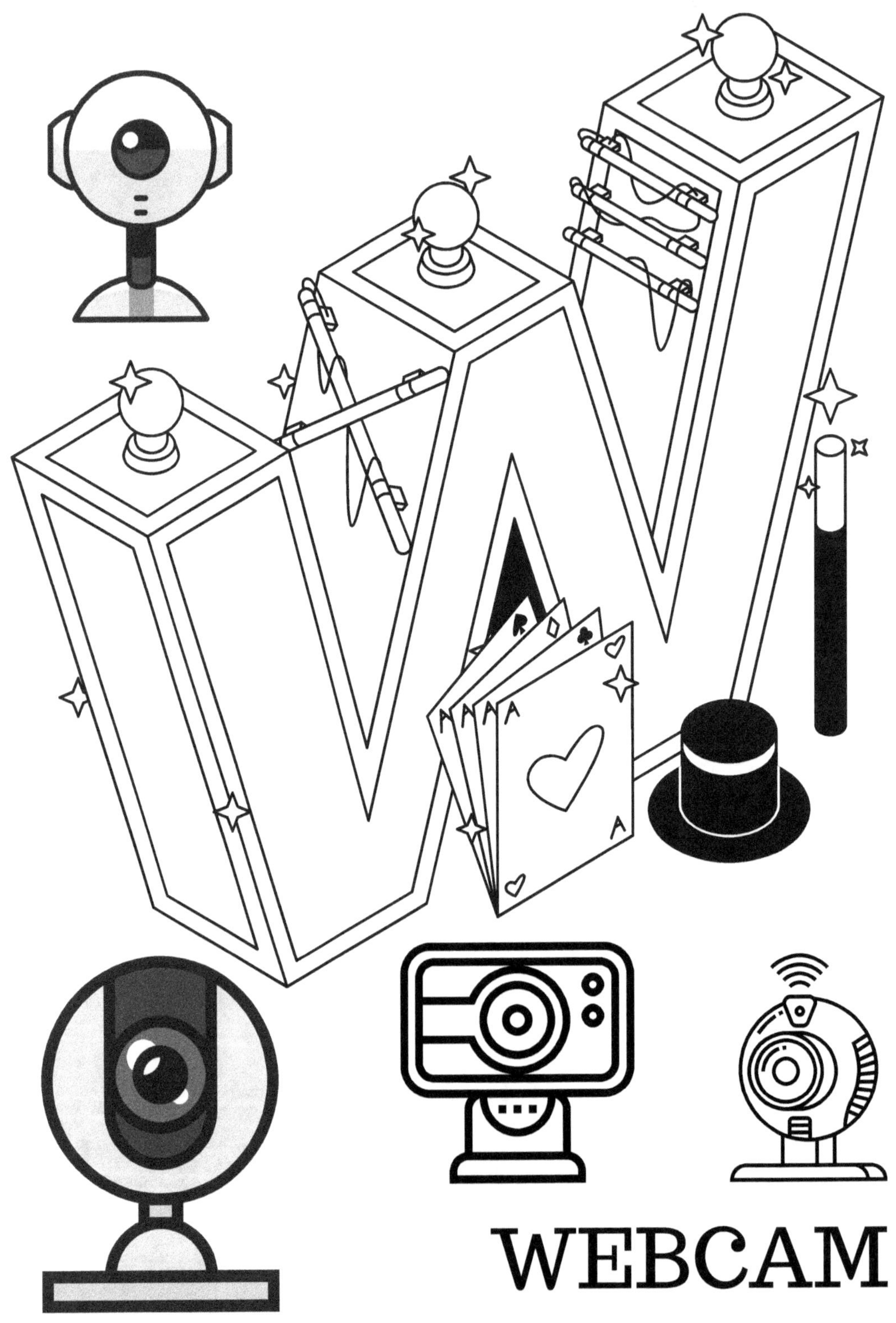

WEBCAM

W

Colorie la lettre X

XYLOPHONE

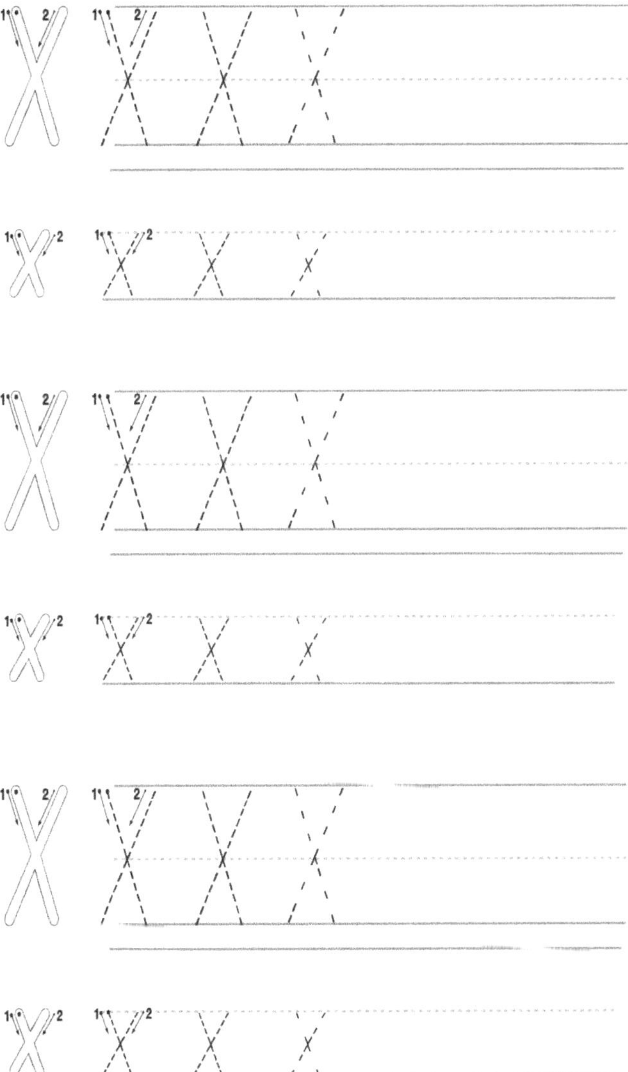

Colorie la lettre Y

YO-YO

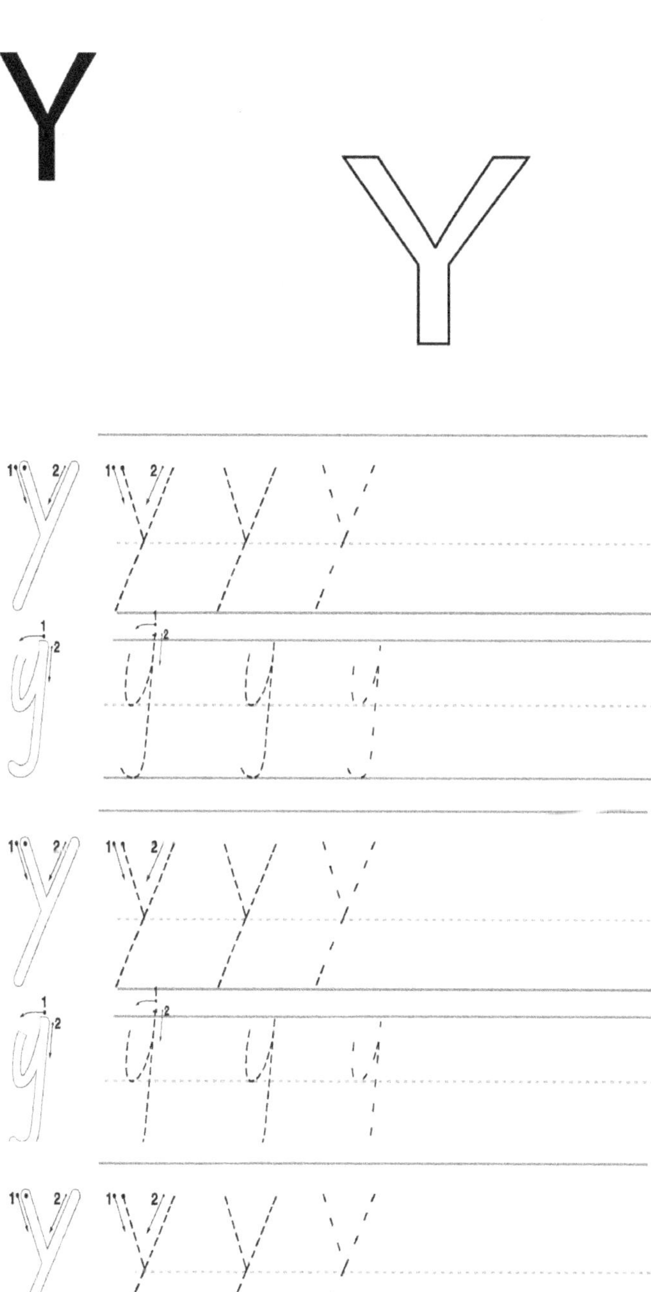

Colorie la lettre Z

ZÈBRE

z

Z

Trouve!.

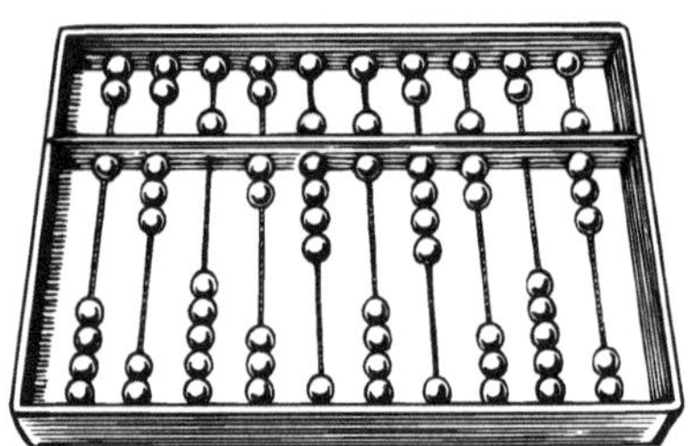

1 2 3

Compte!

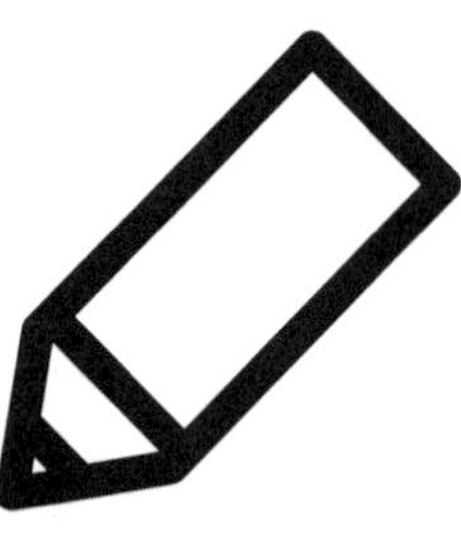

Colorie!

Trouve le chiffre 1

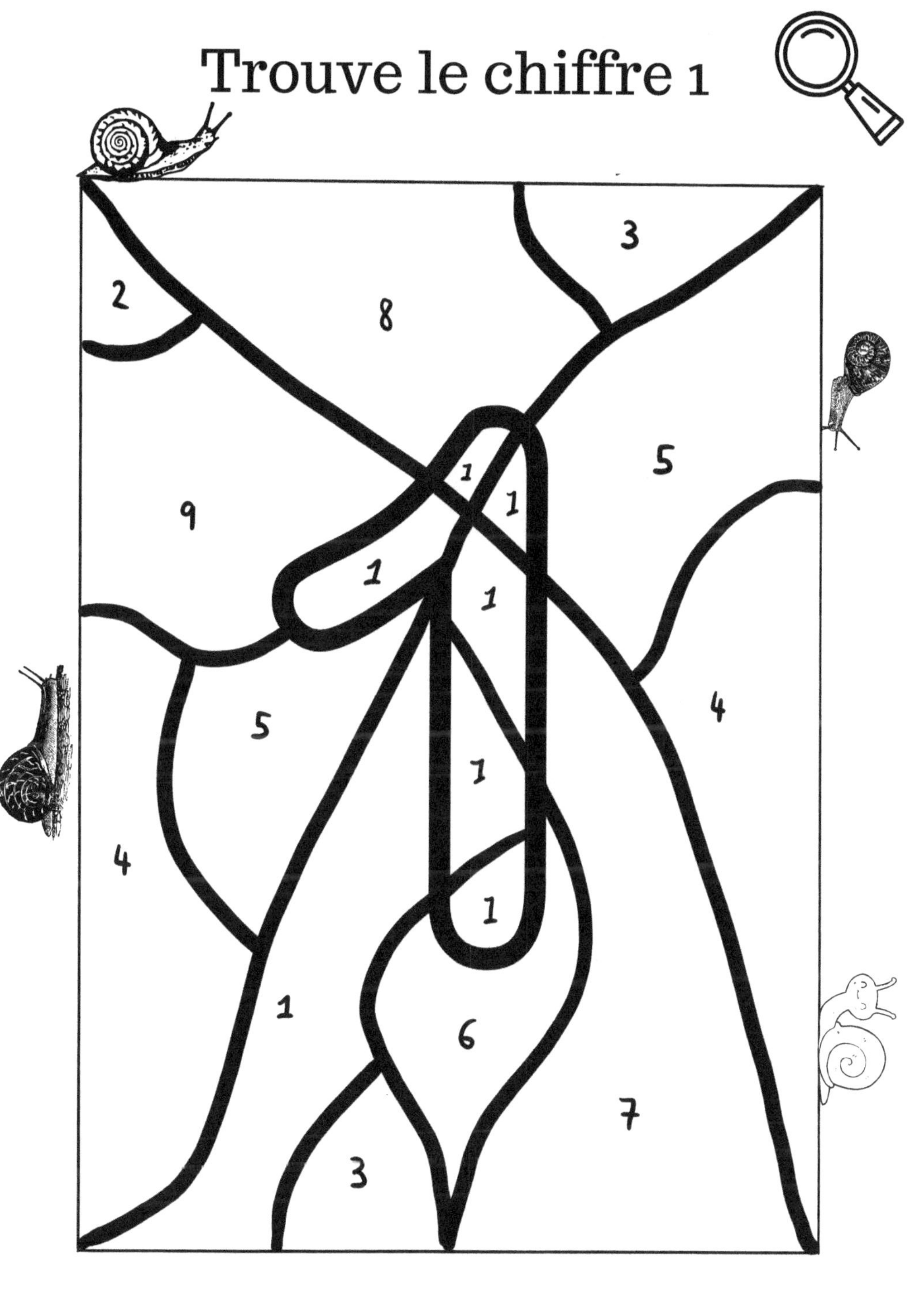

Trouve le chiffre 2

Trouve le chiffre 3

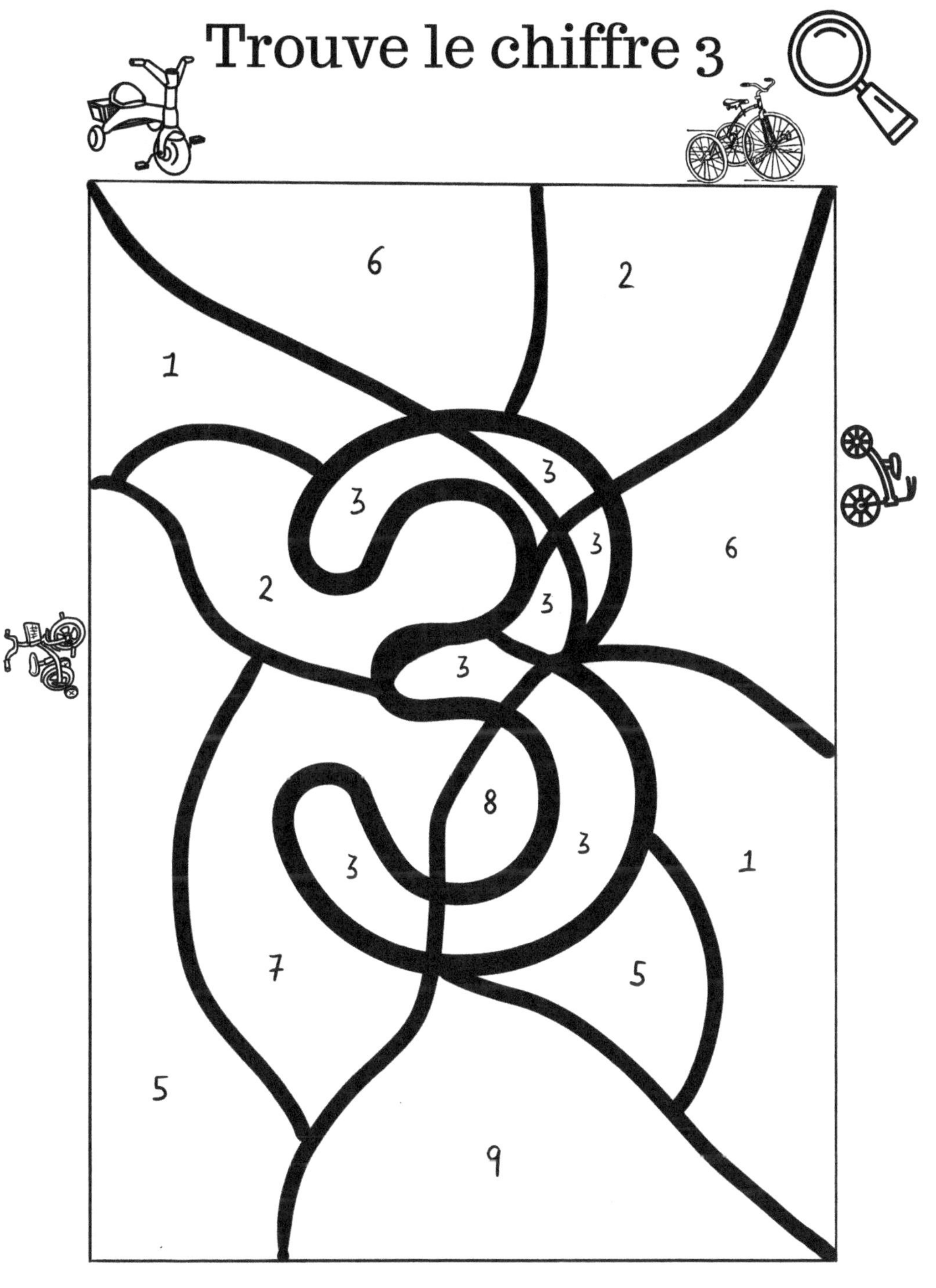

Trouve le chiffre 4

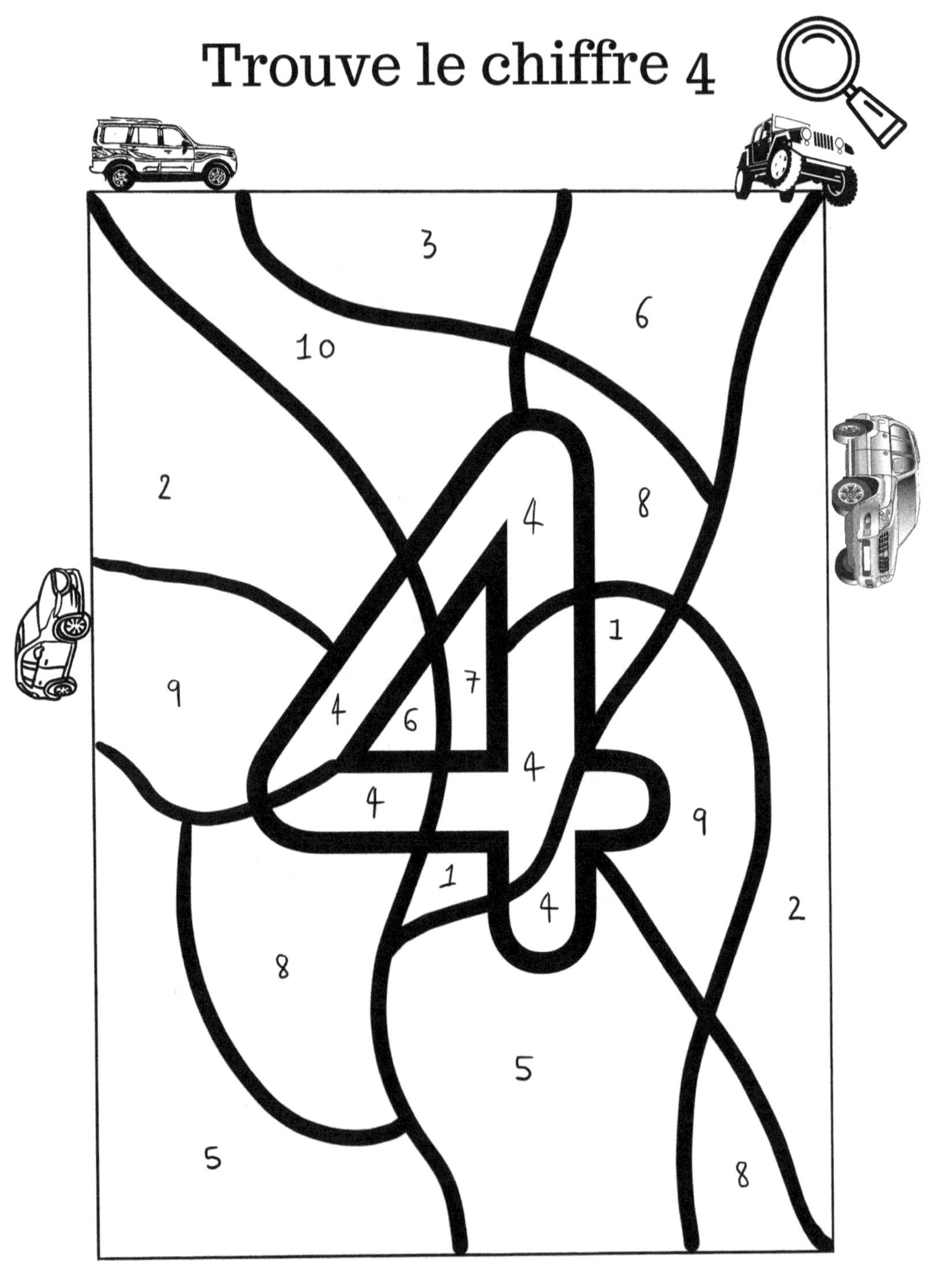

Trouve le chiffre 5

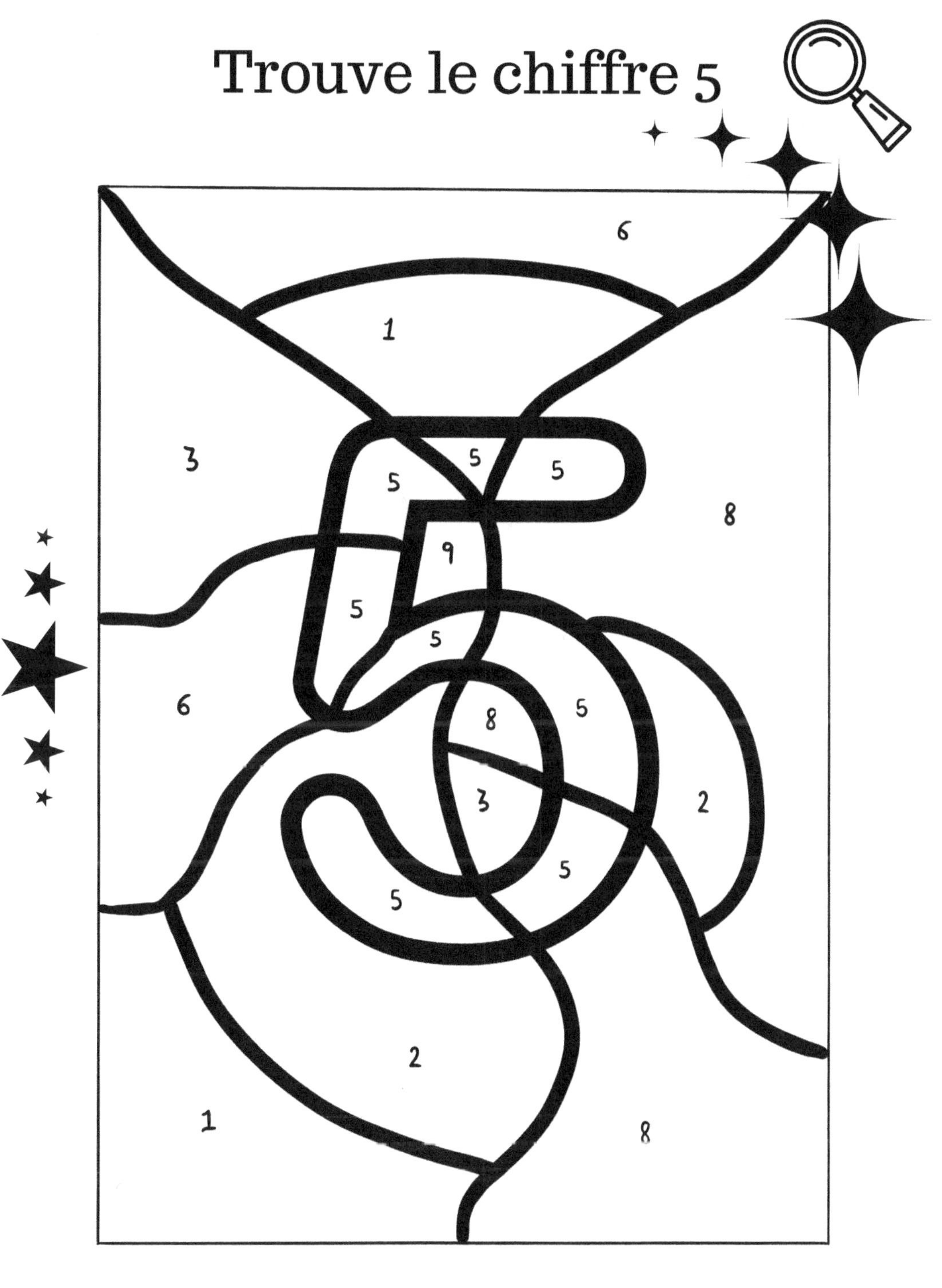

Trouve le chiffre 6

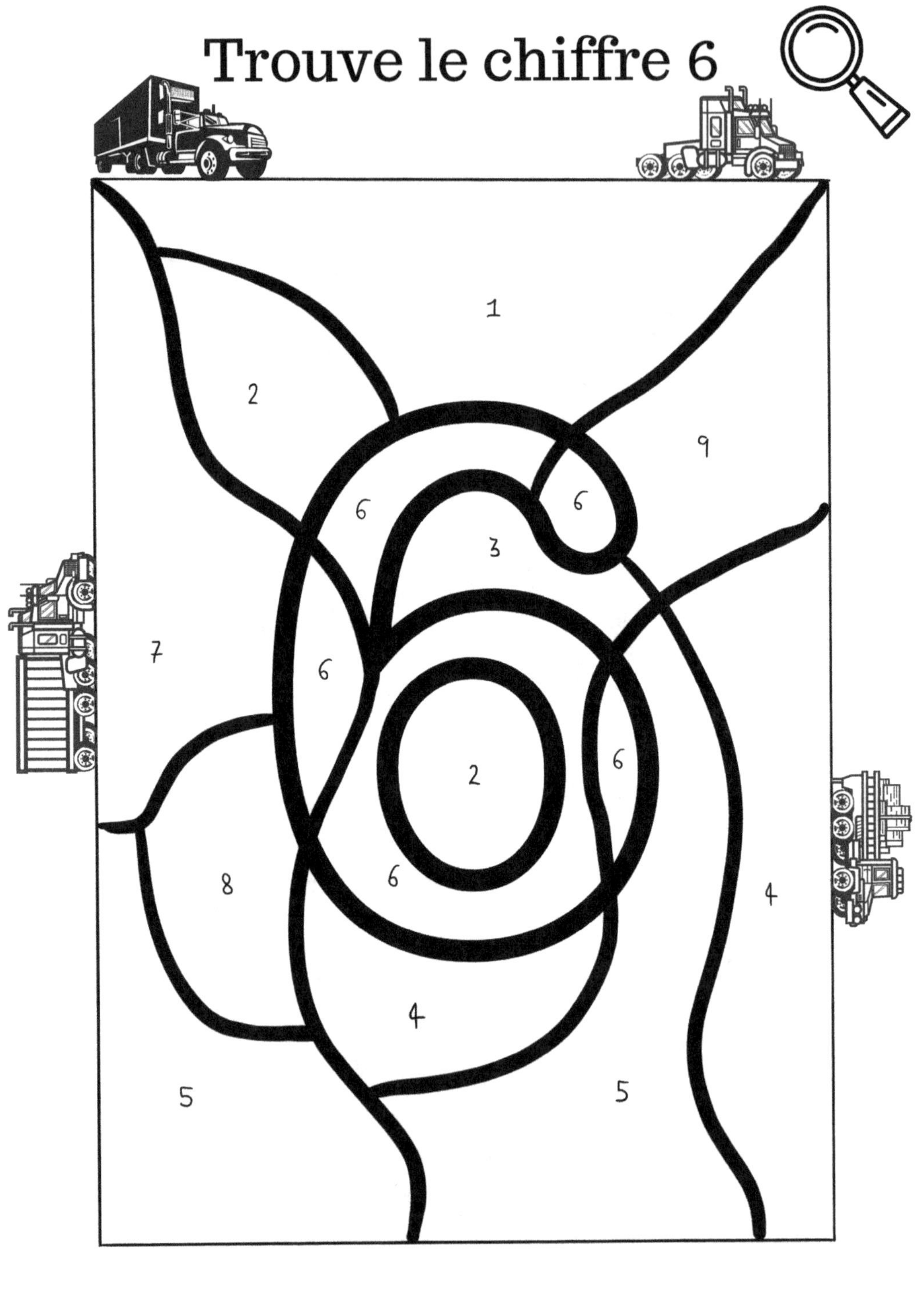

Trouve le chiffre 7

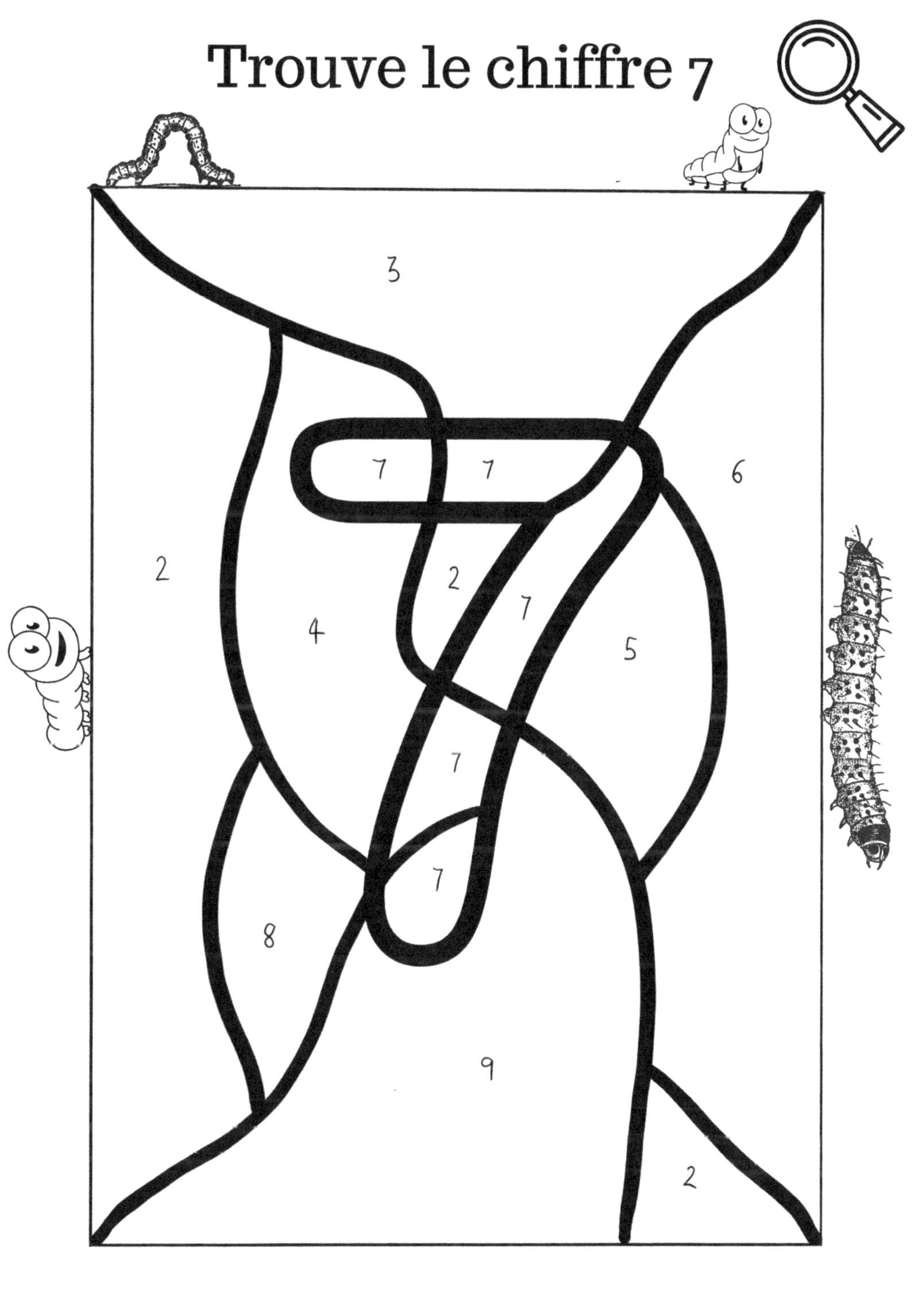

Trouve le chiffre 8

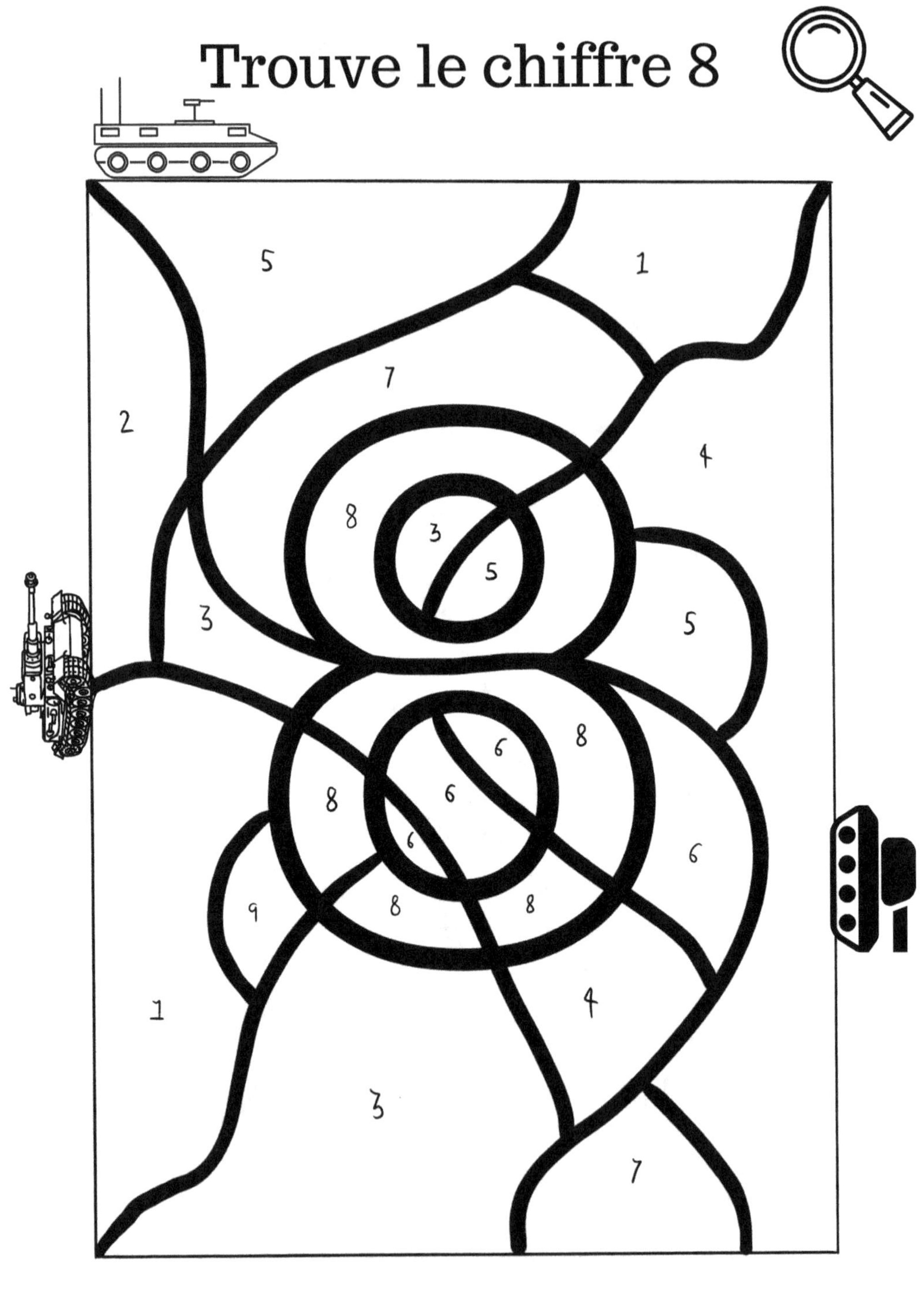

Trouve le chiffre 9

Trouve le chiffre 10

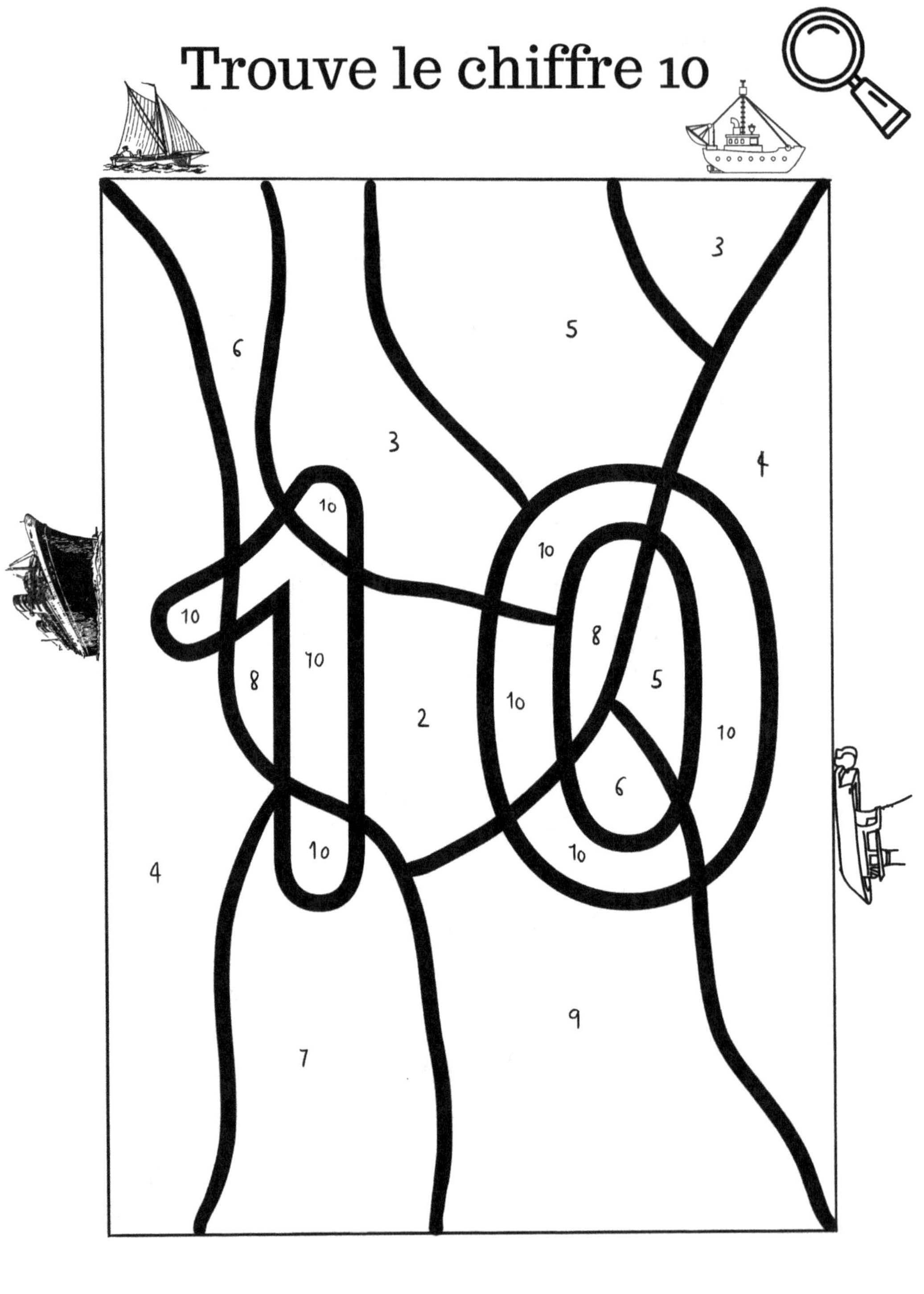

Trouve la lettre A

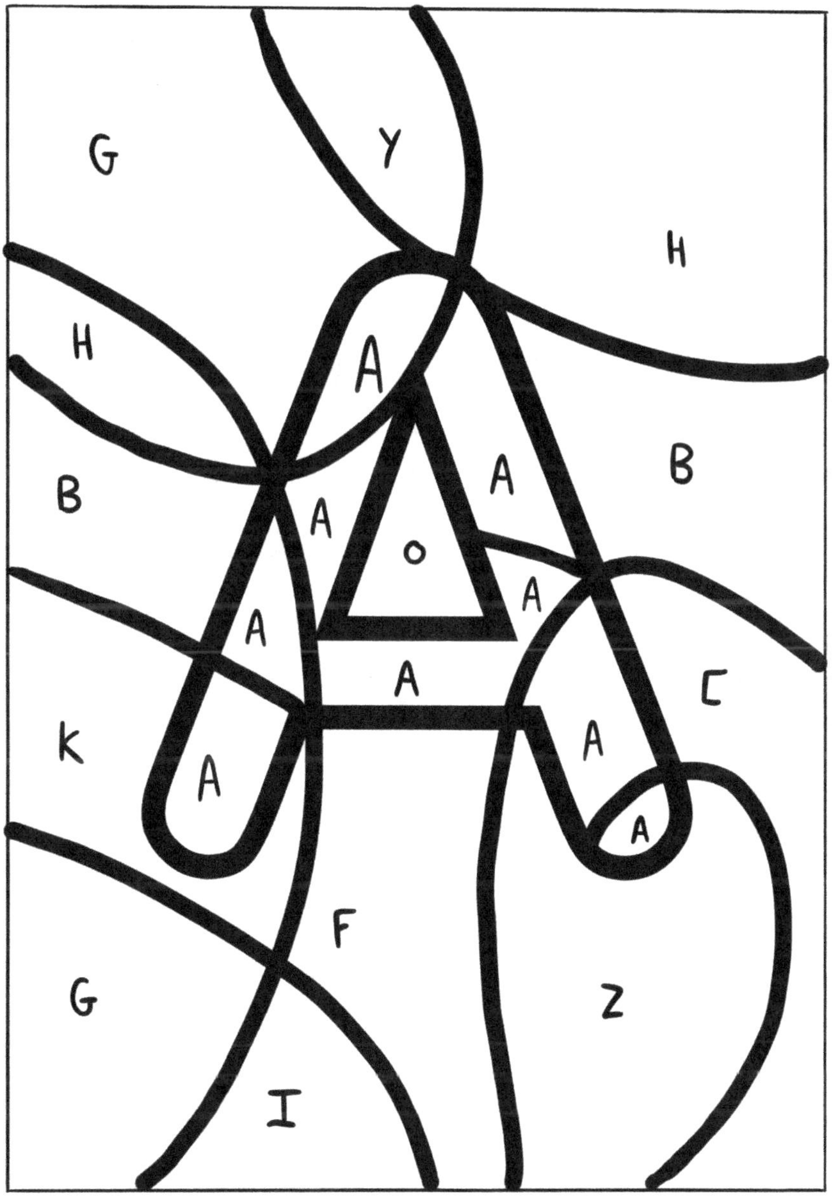

Trouve la lettre B

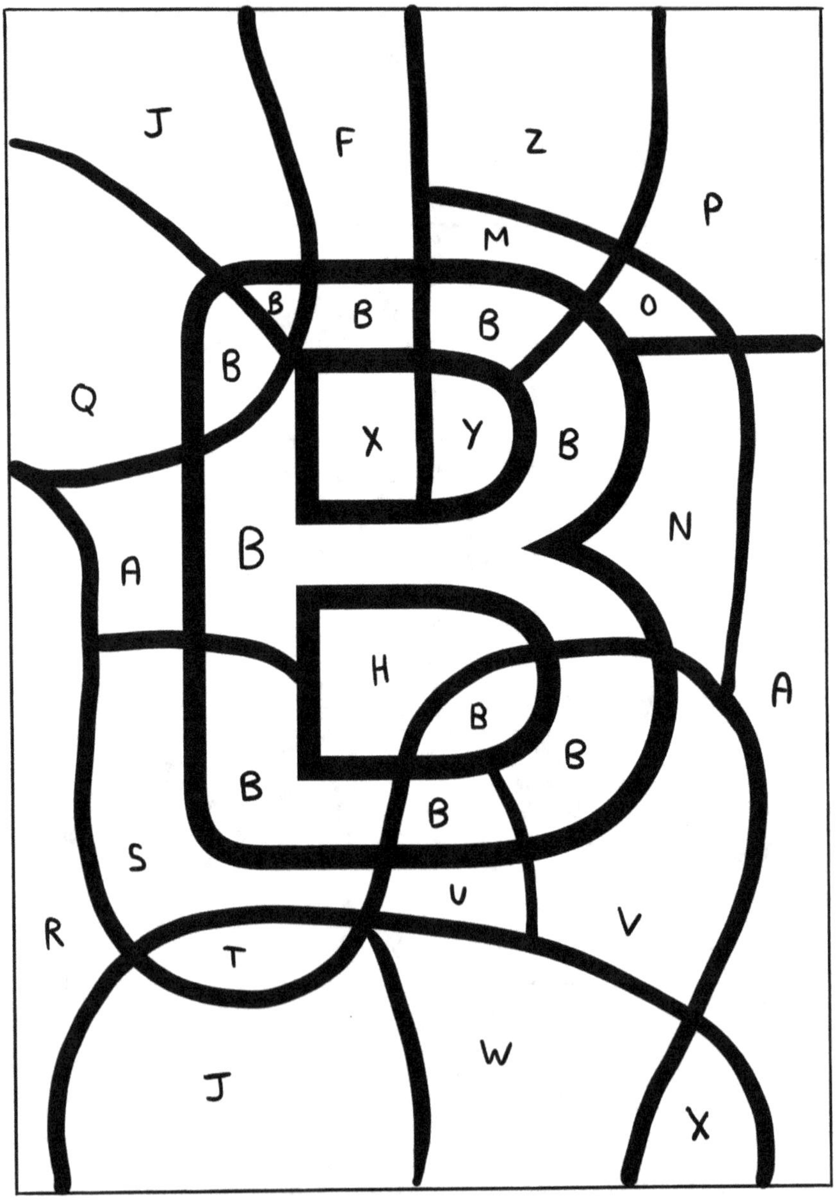

Trouve la lettre C

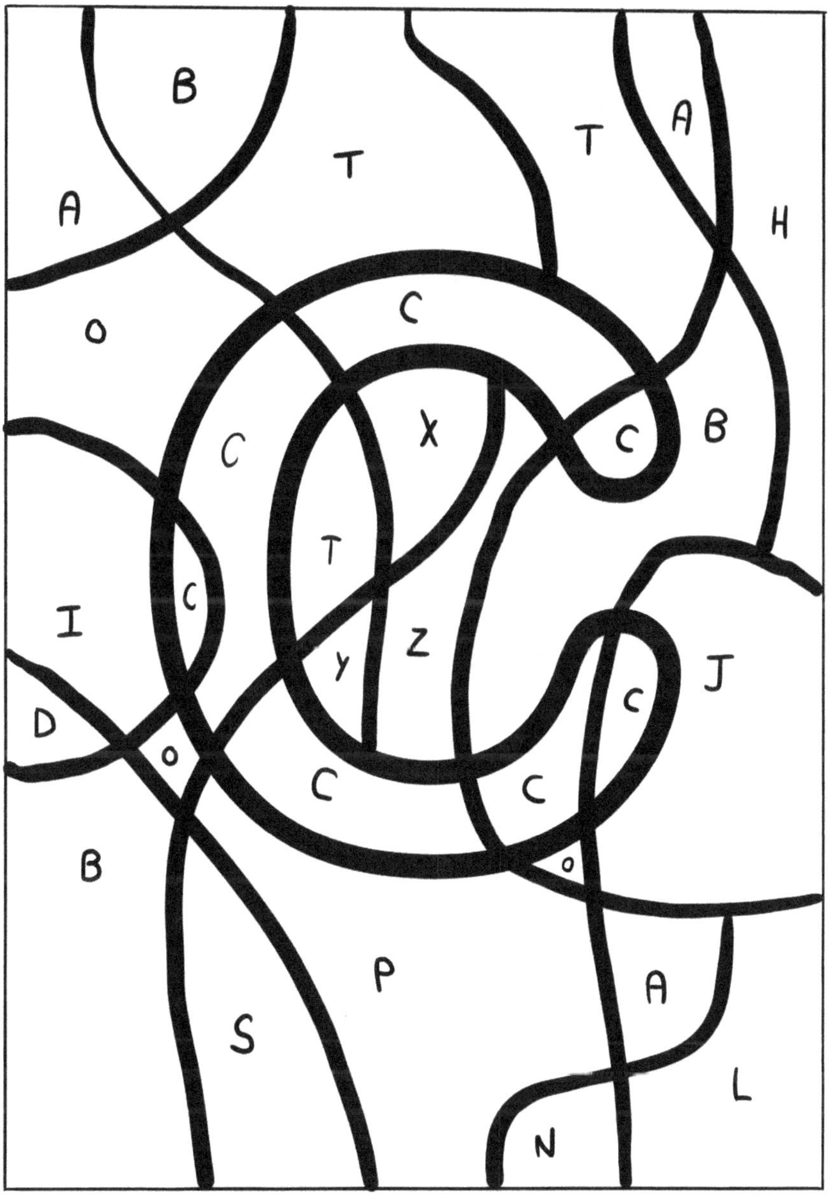

Trouve la lettre D

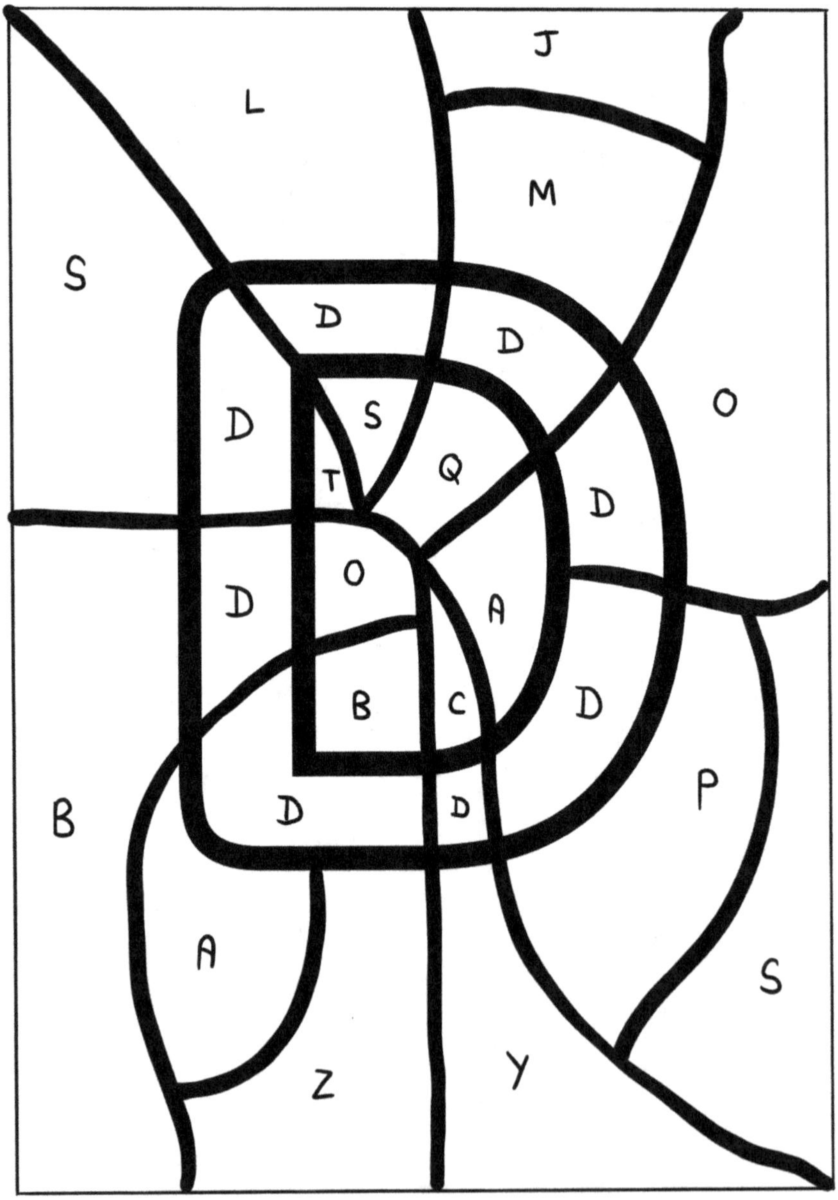

Trouve la lettre E

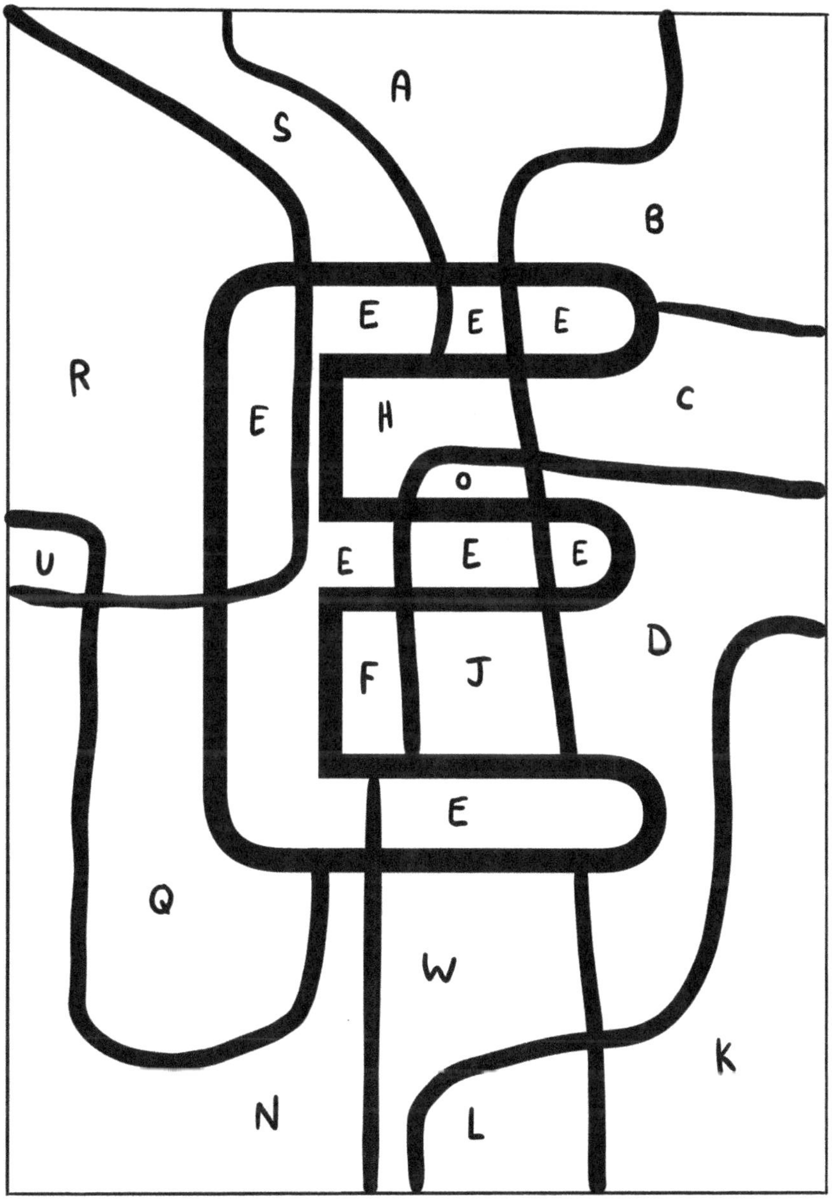

Trouve la lettre F

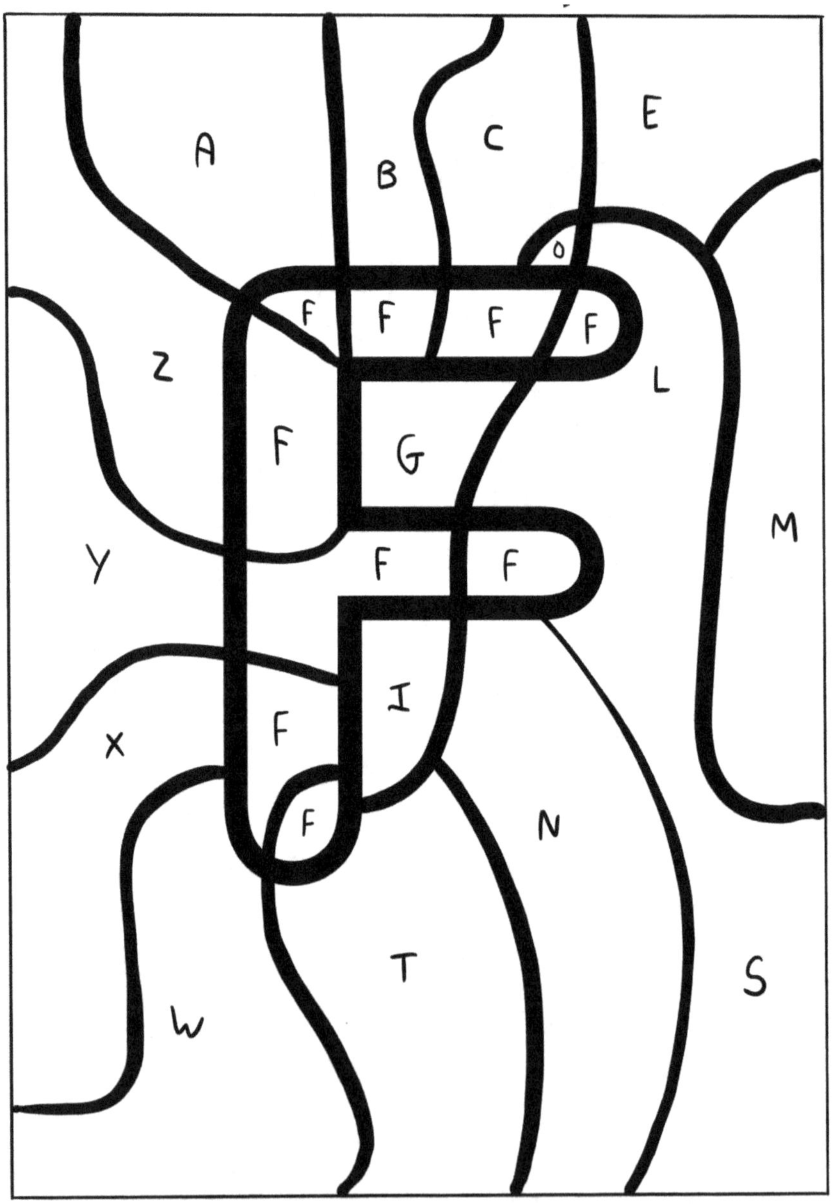

Trouve la lettre G

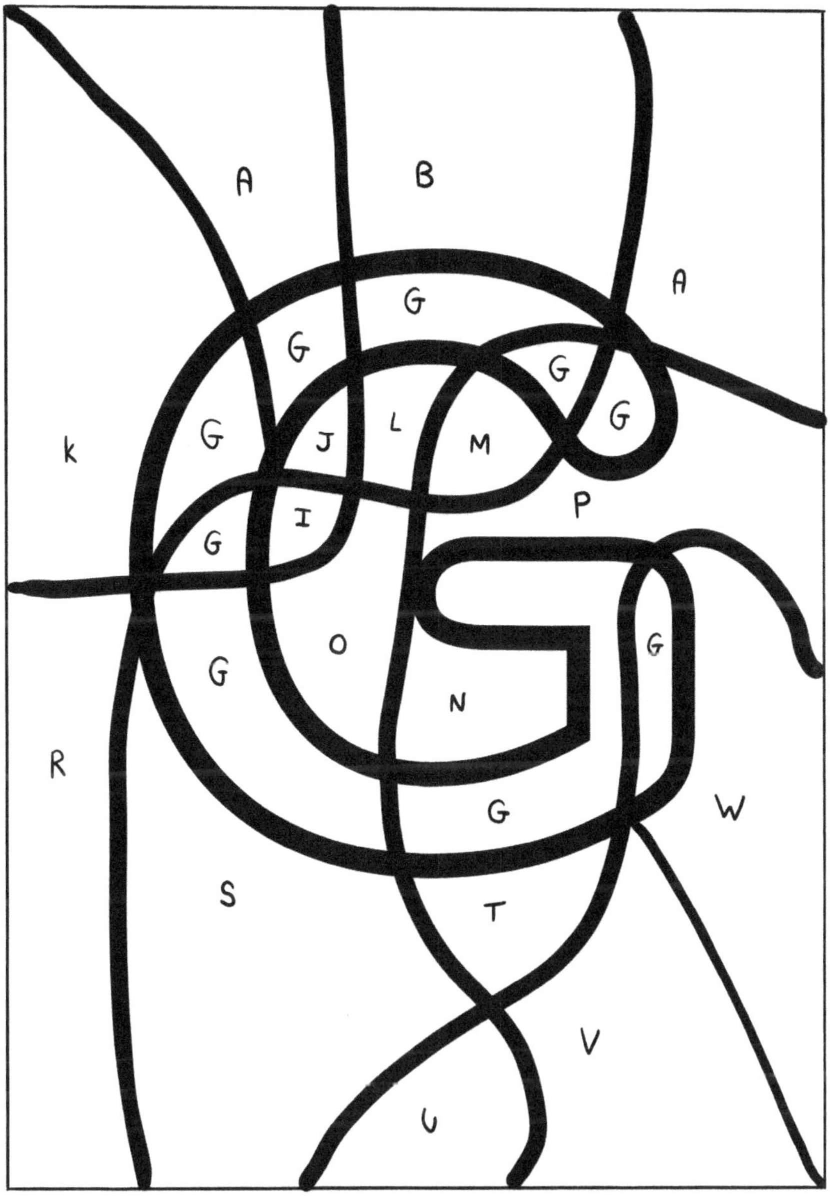

Trouve la lettre H

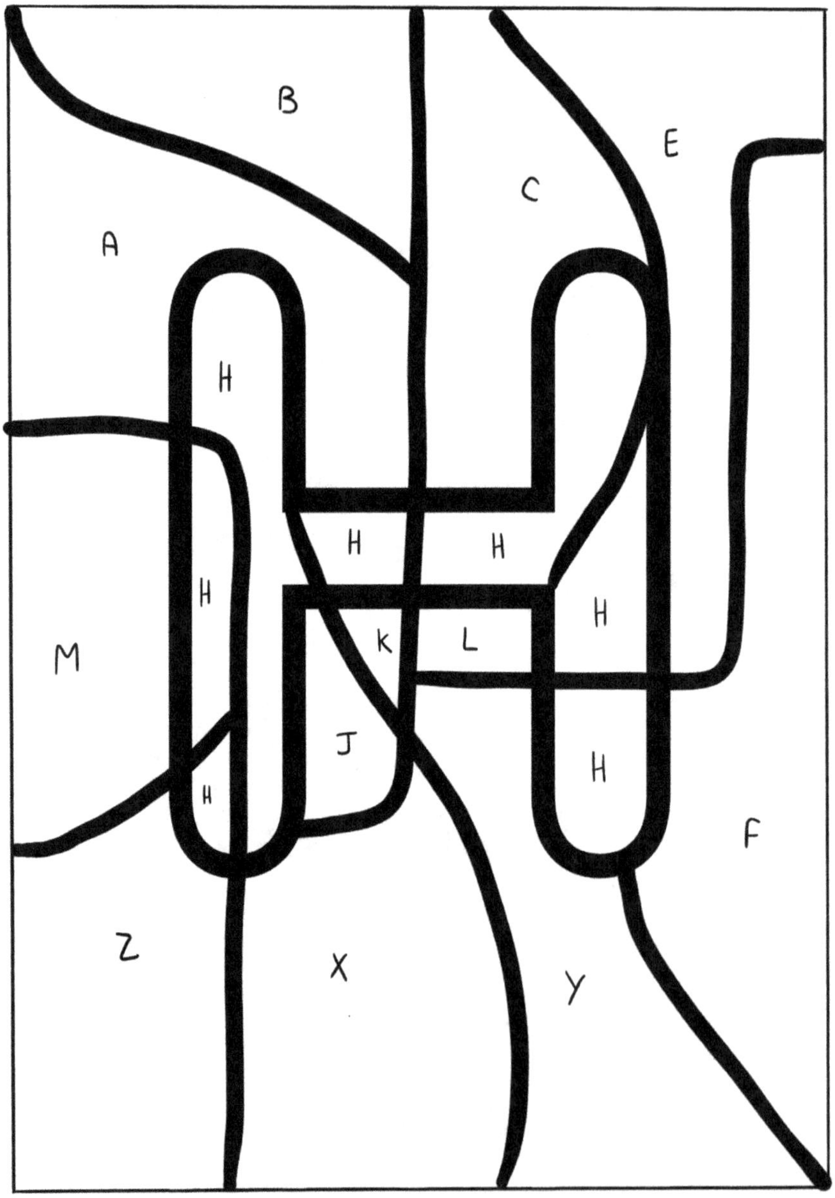

Trouve la lettre I

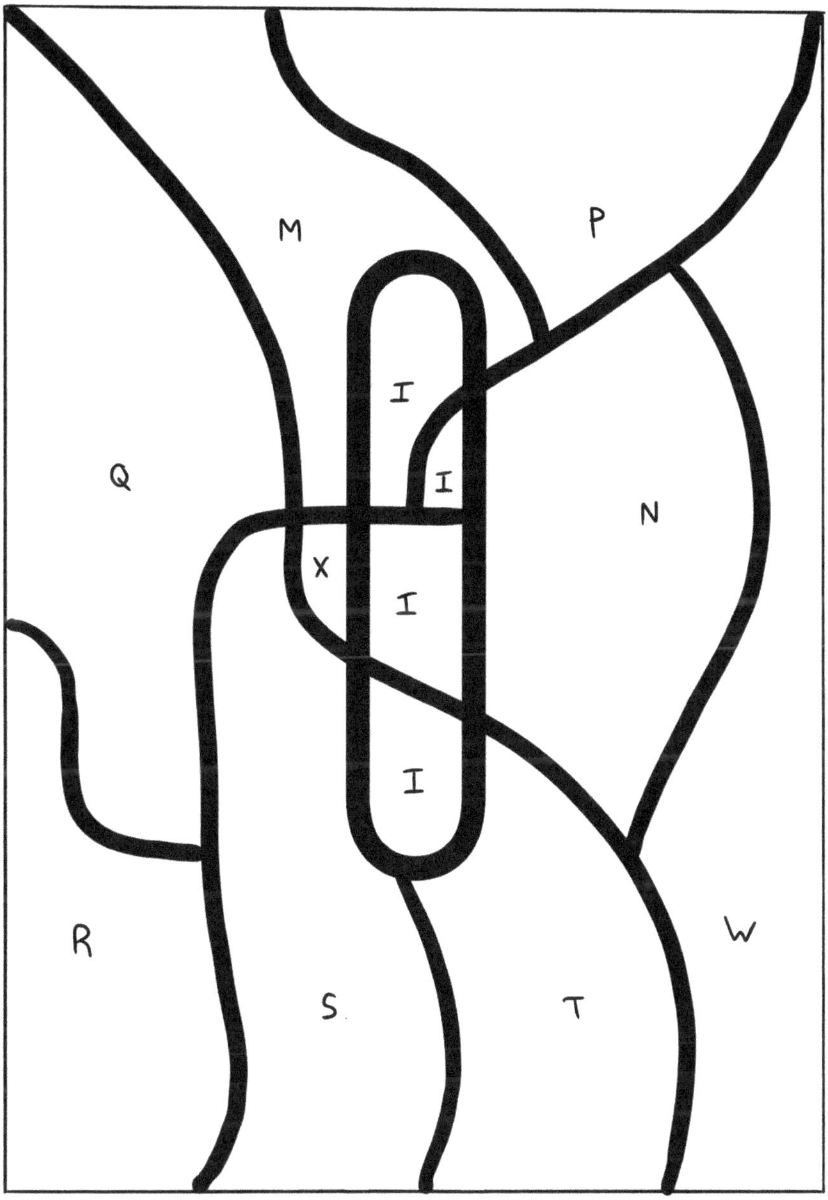

Trouve la lettre J

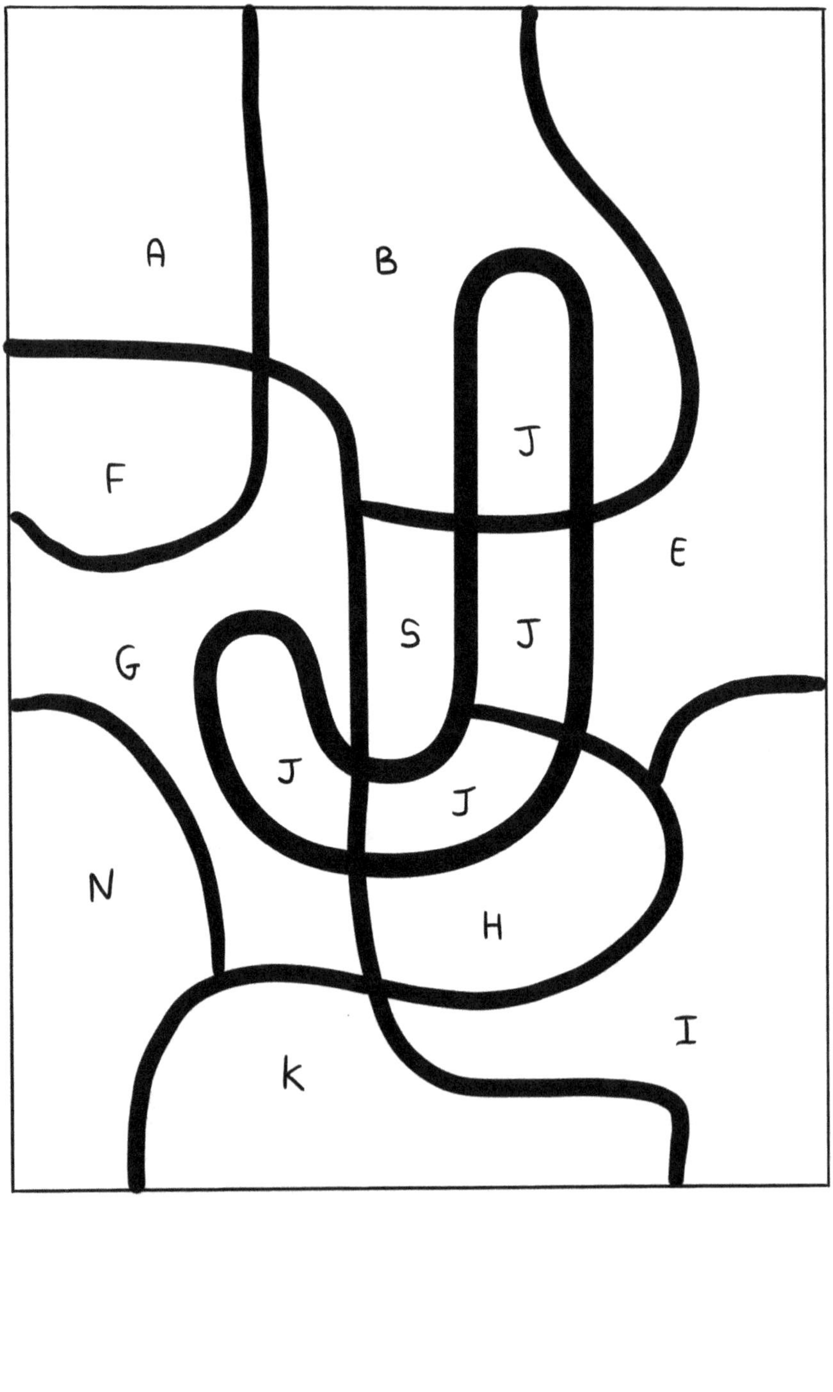

Trouve la lettre K

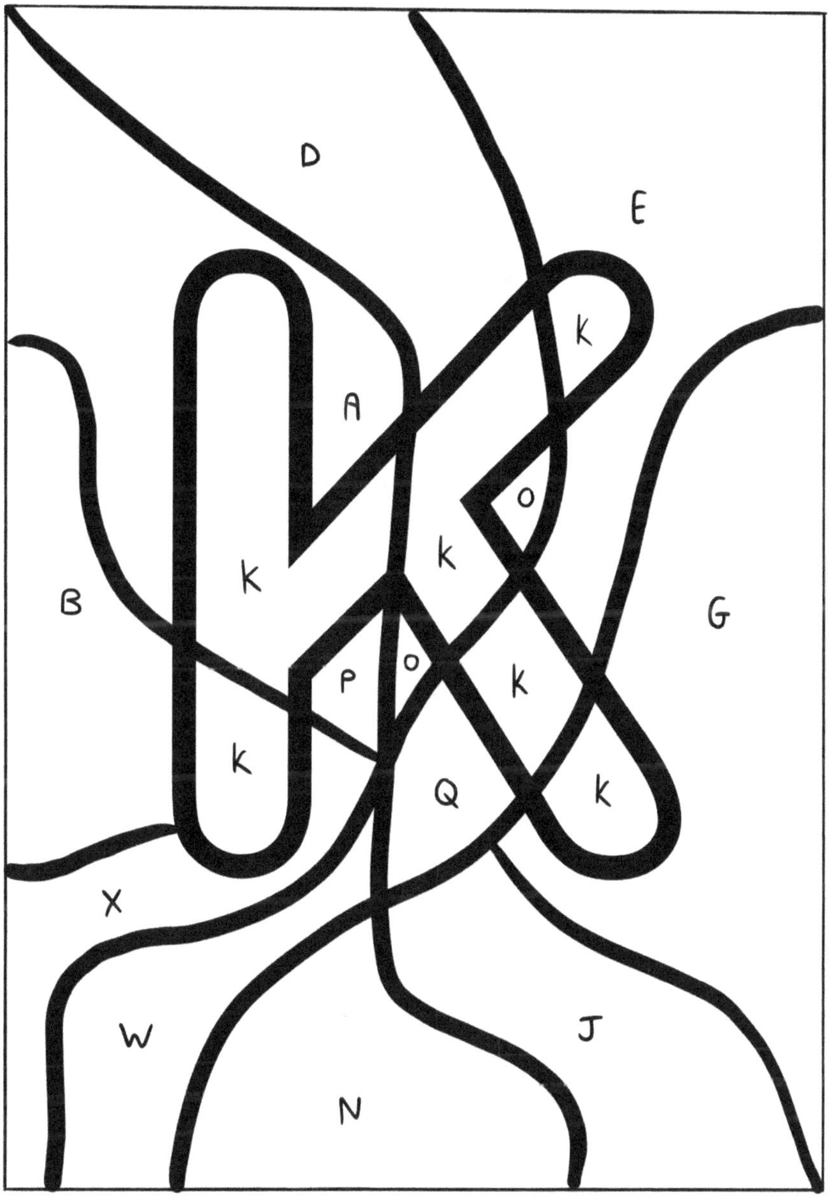

Trouve la lettre L

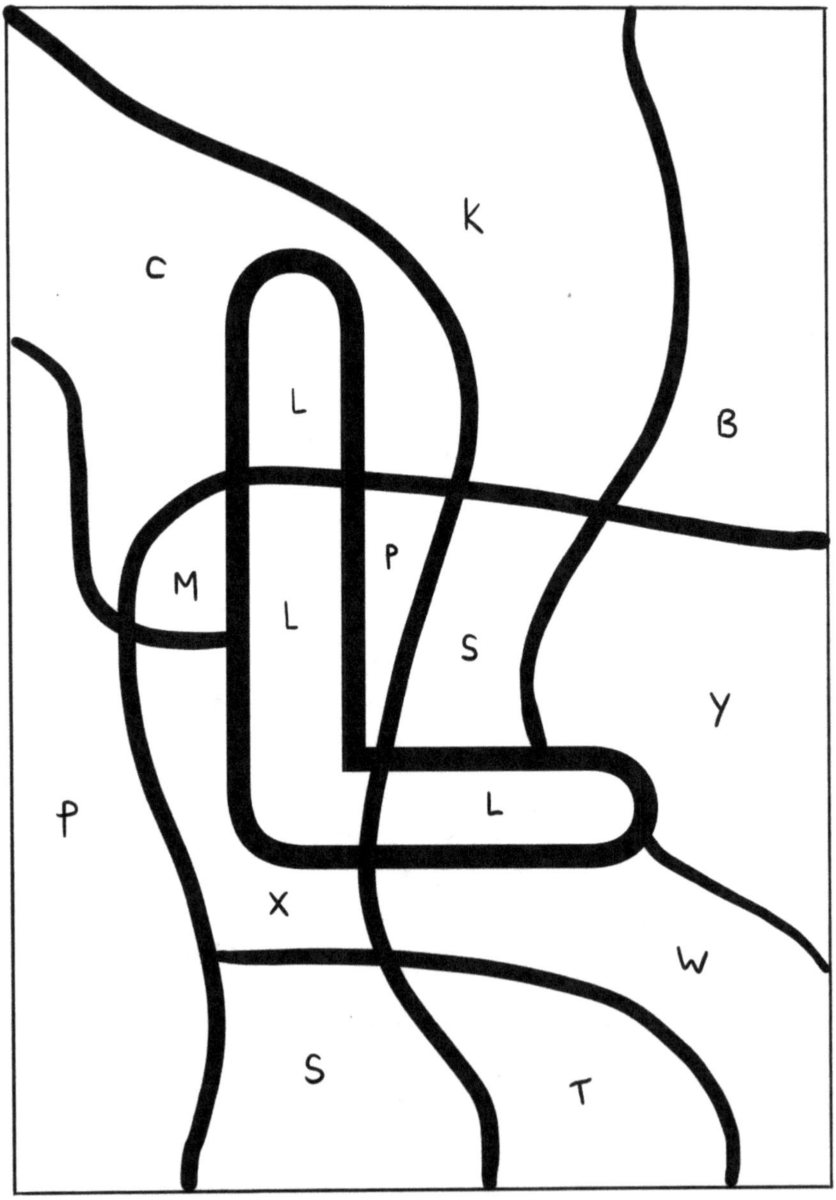

Trouve la lettre M

Trouve la lettre N

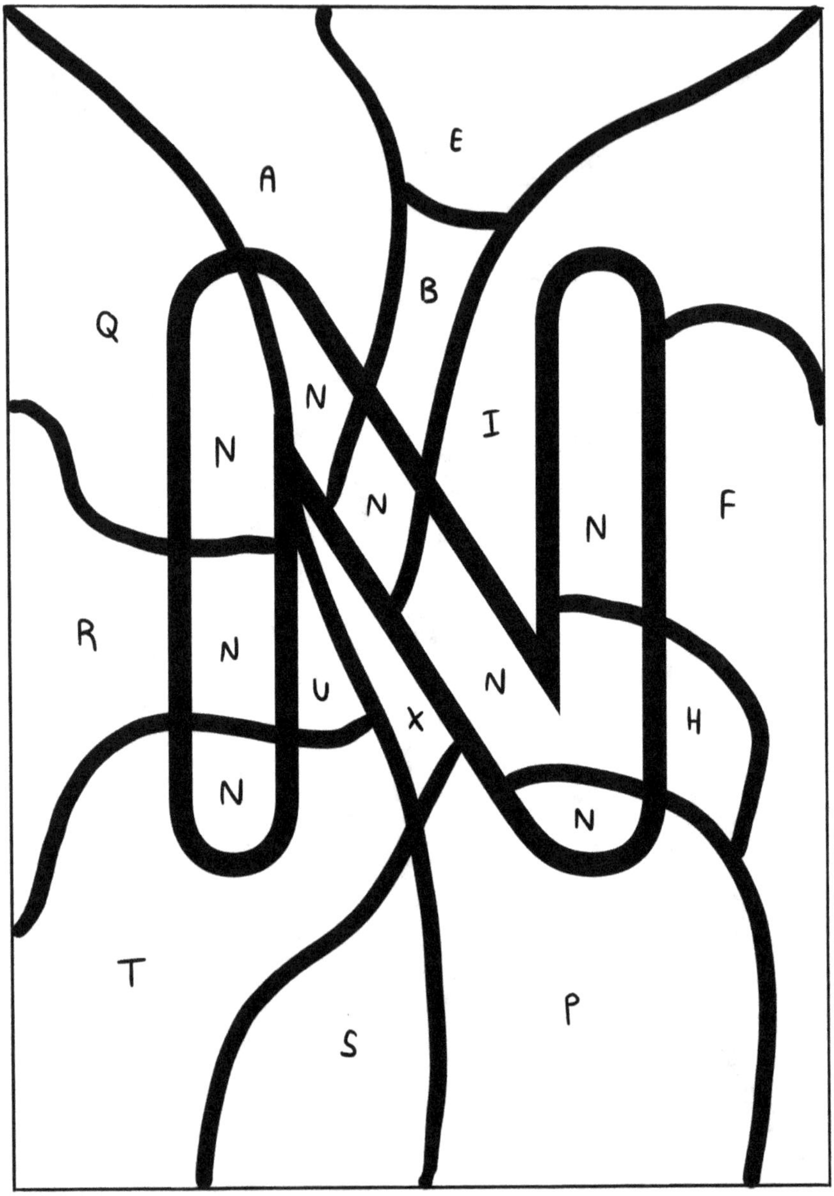

Trouve la lettre O

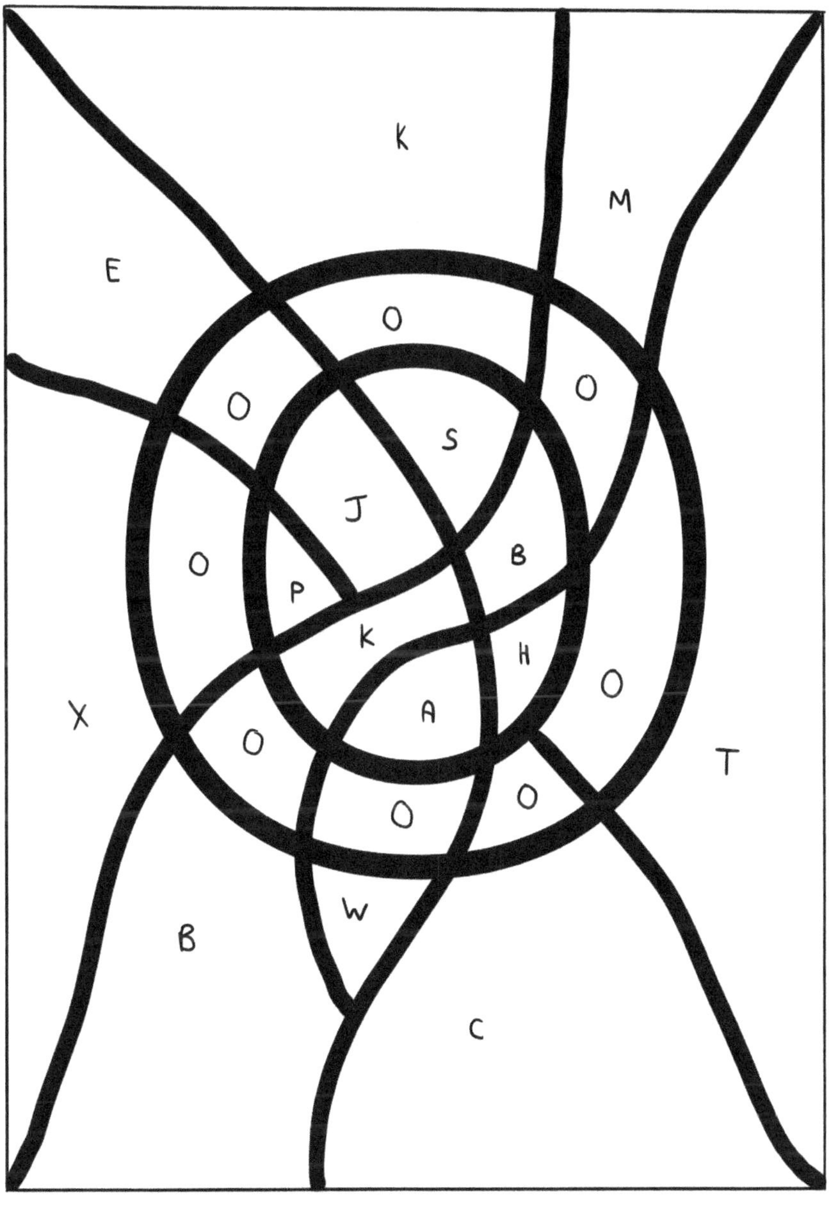

Trouve la lettre P

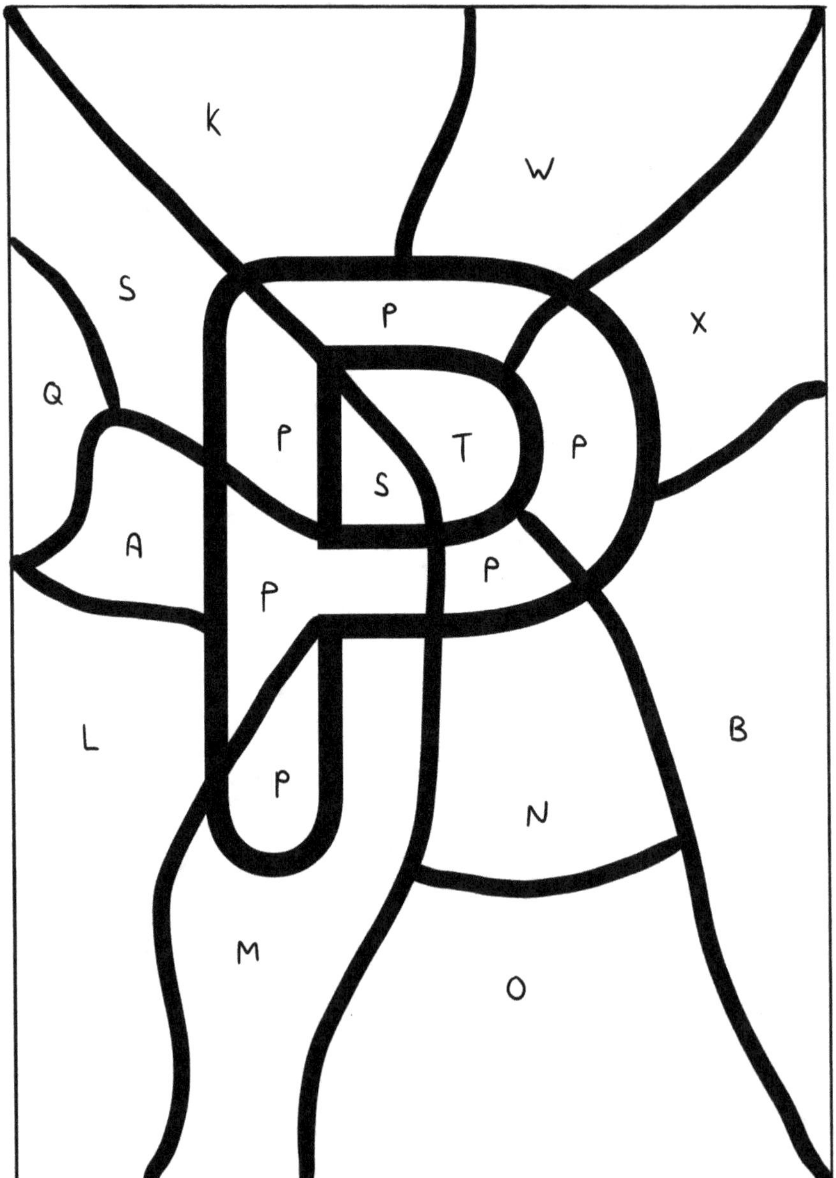

Trouve la lettre Q

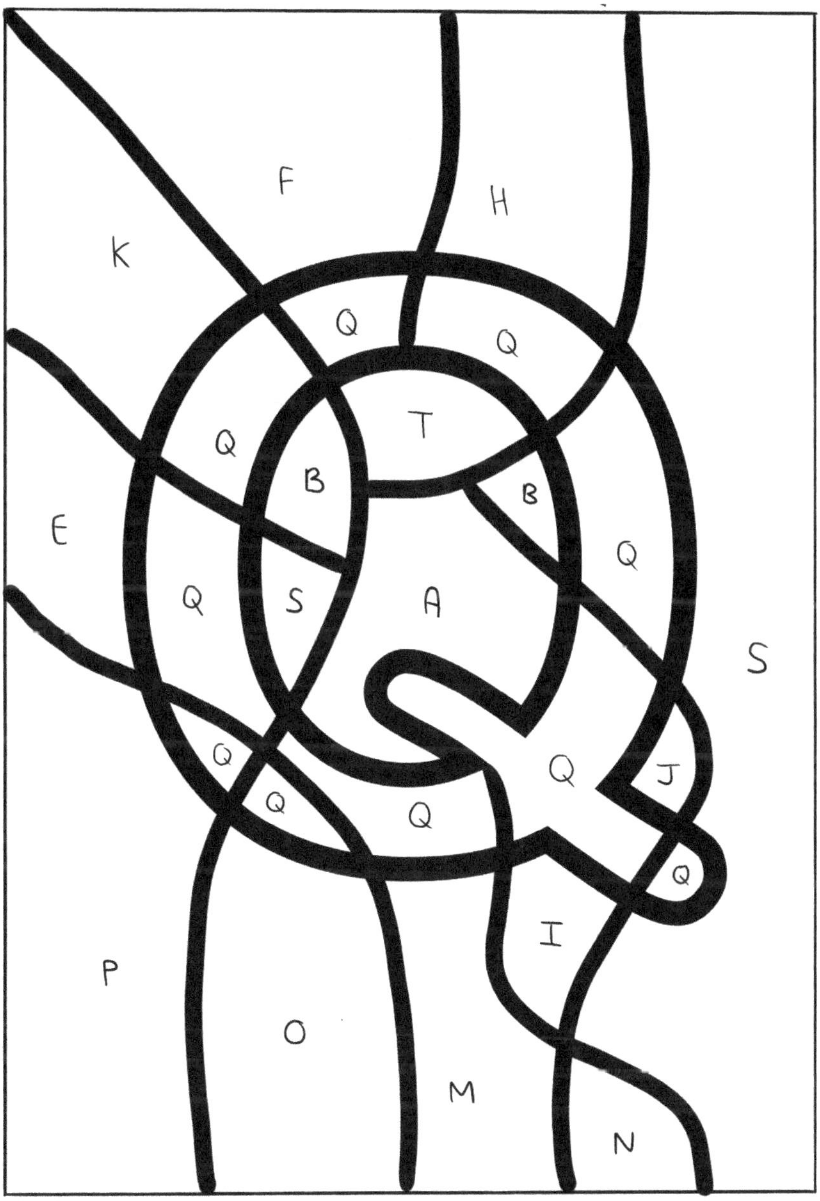

Trouve la lettre R

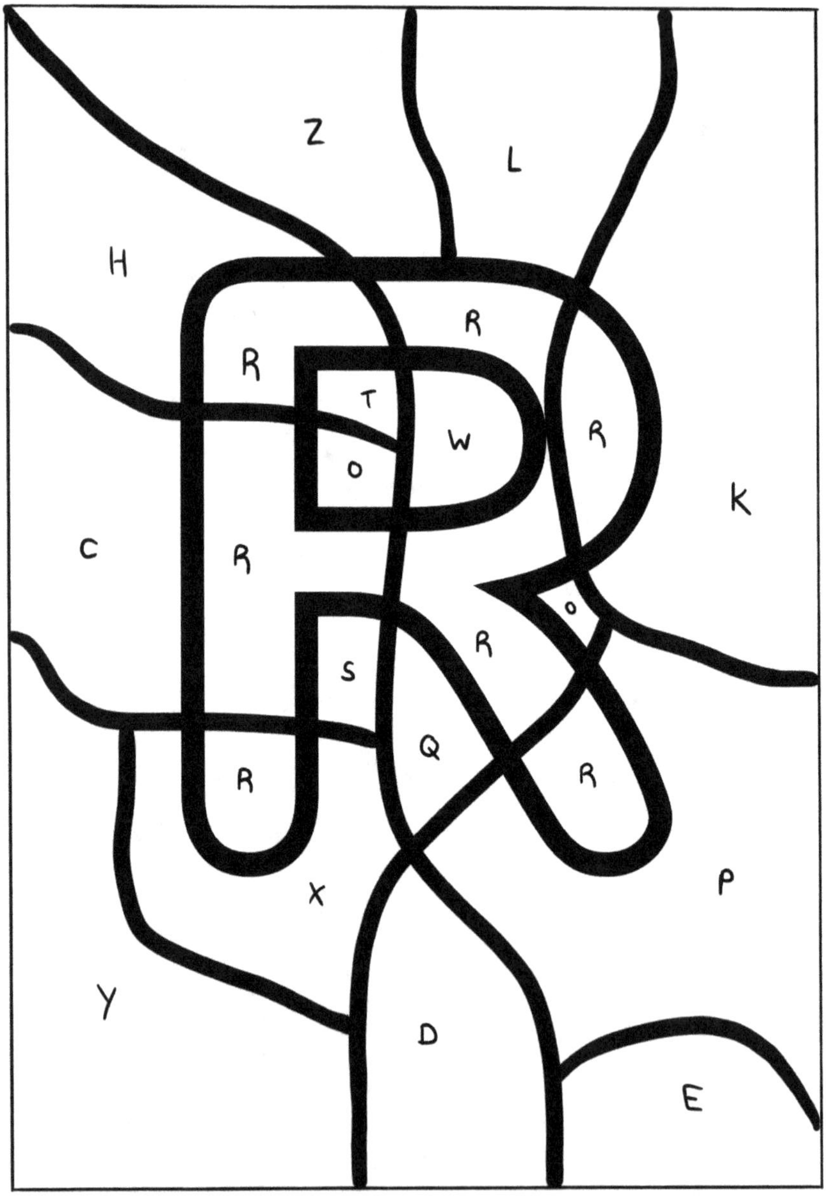

Trouve la lettre S

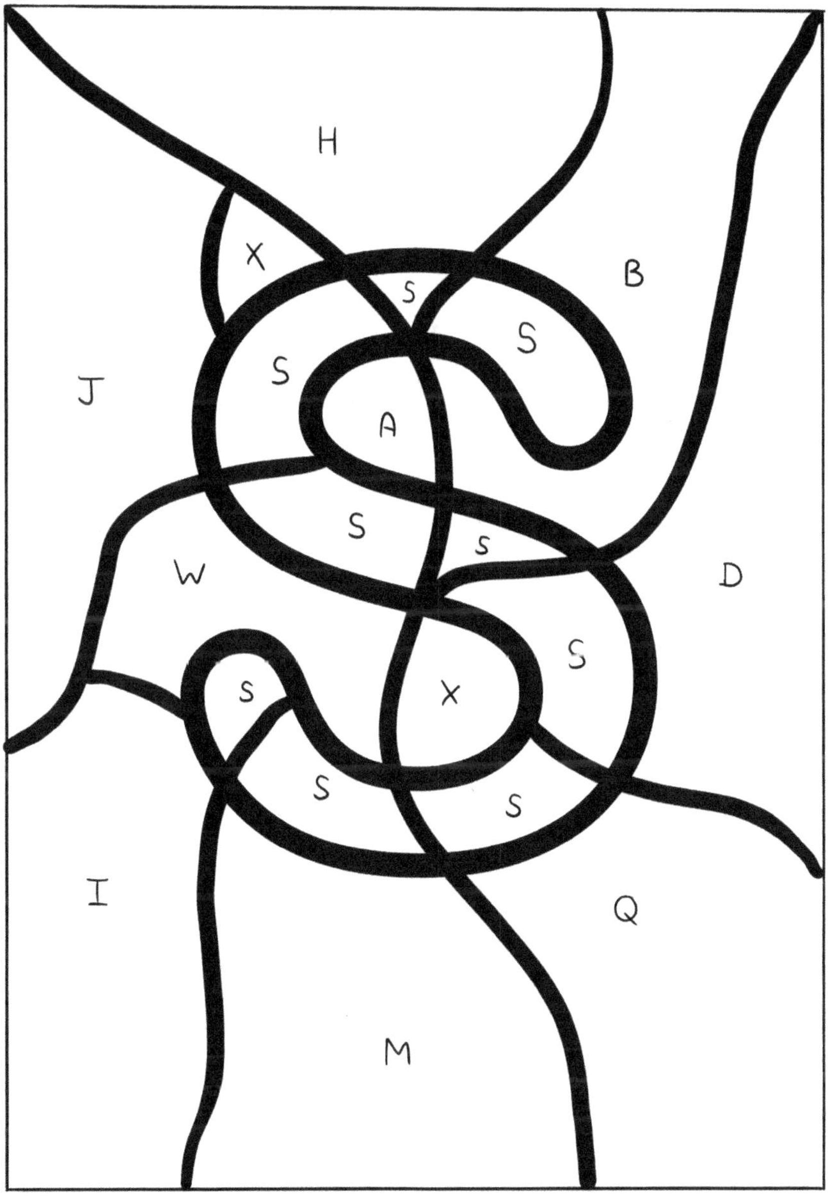

Trouve la lettre T

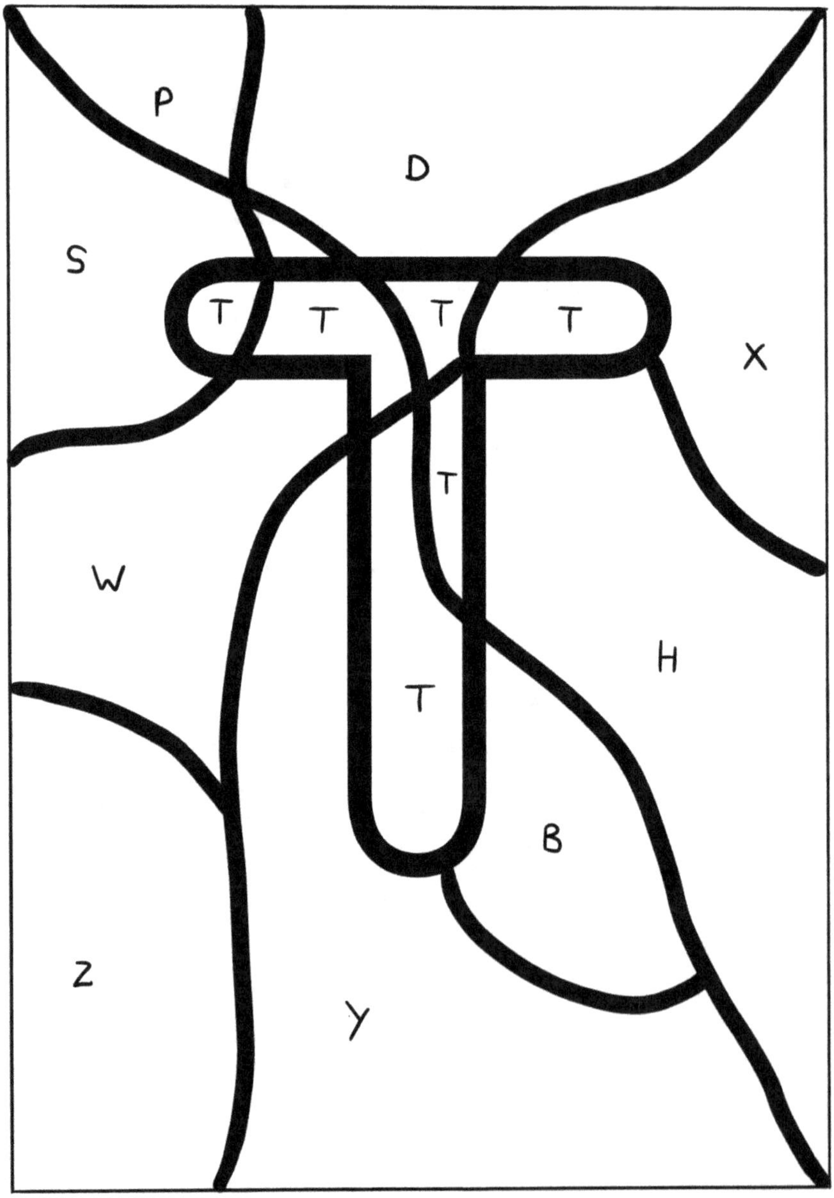

Trouve la lettre U

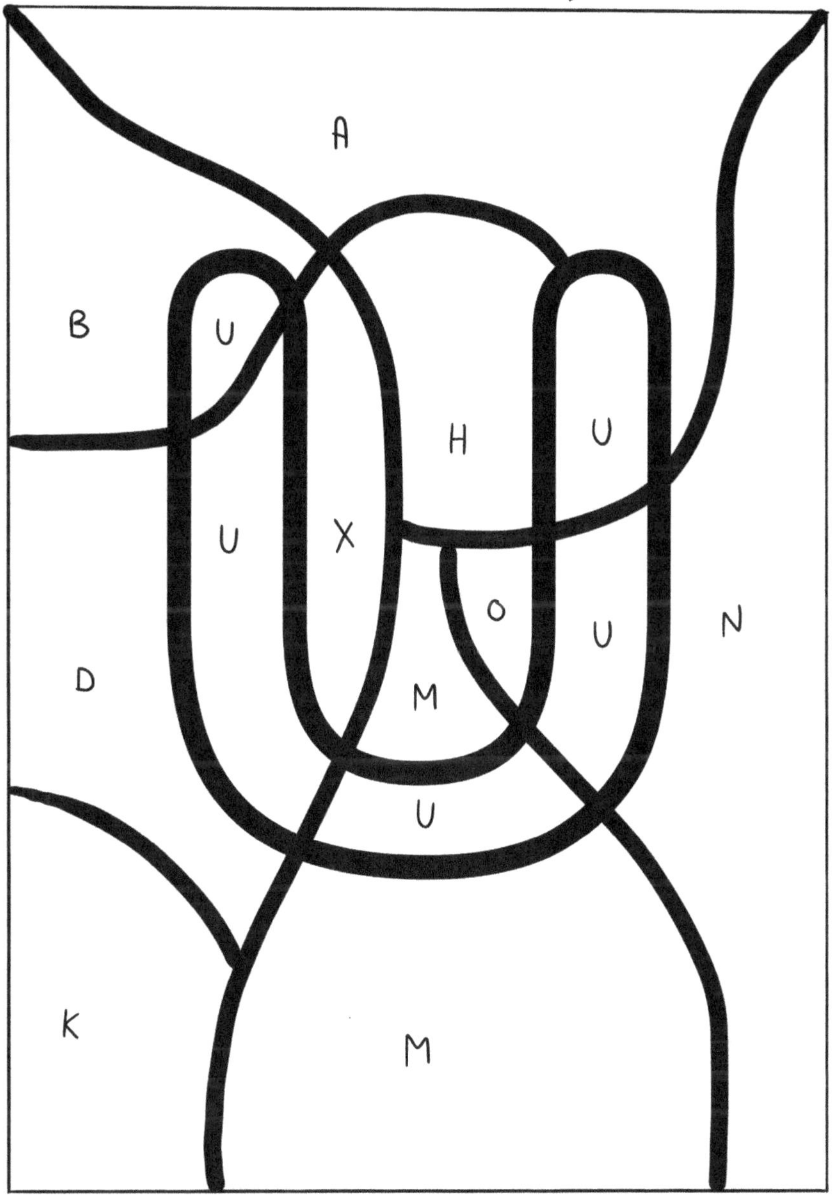

Trouve la lettre V

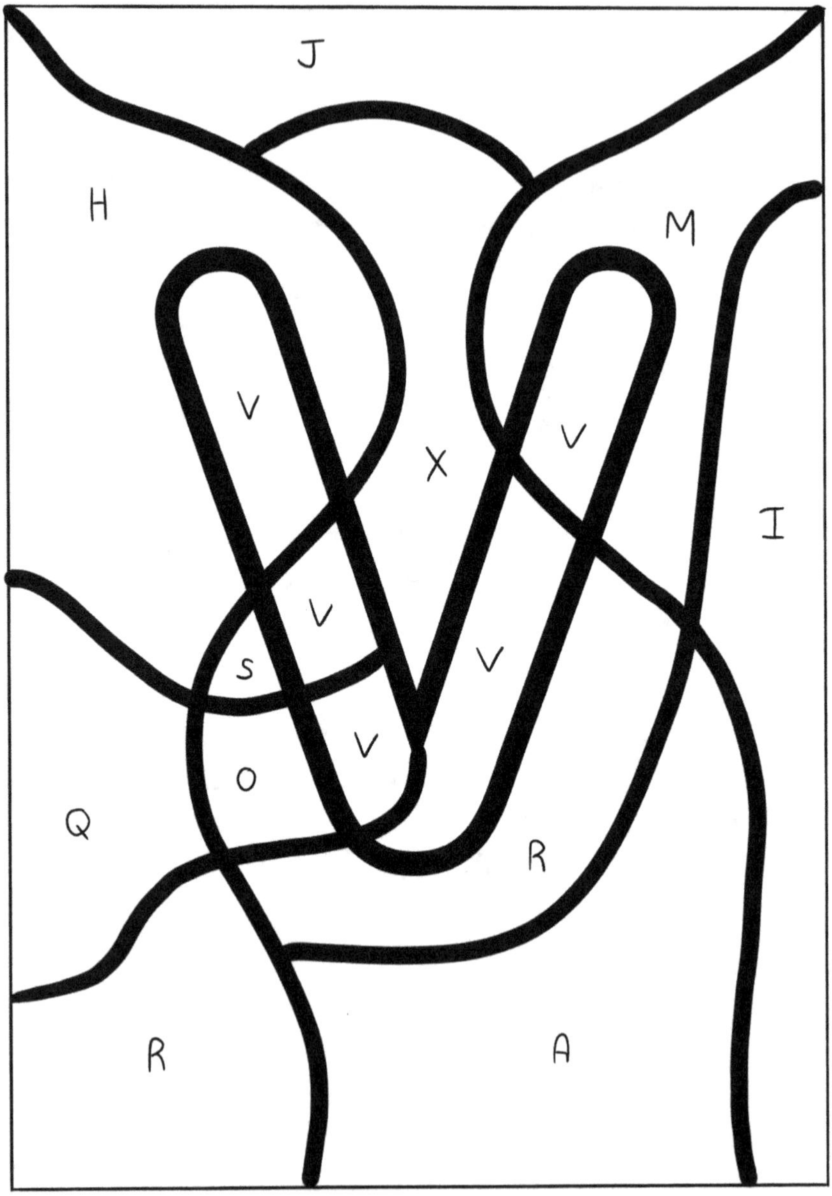

Trouve la lettre W

Trouve la lettre X

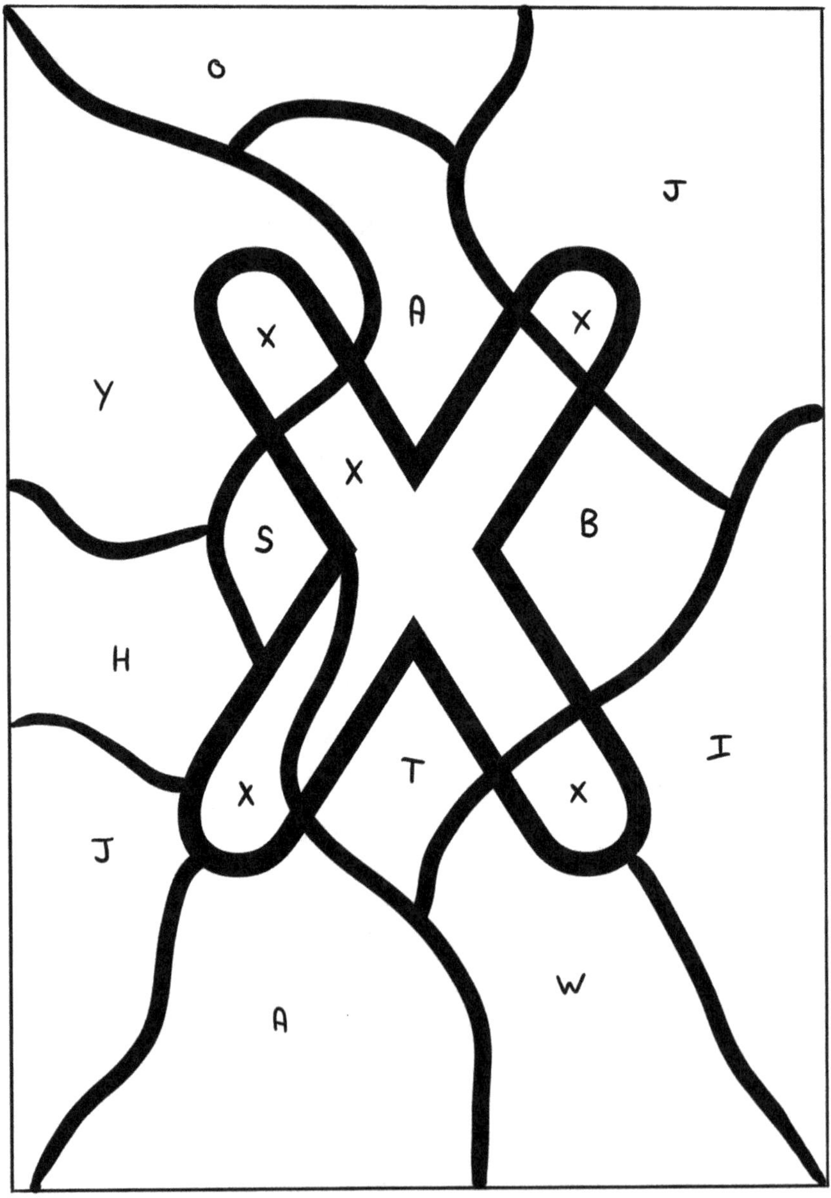

Trouve la lettre Y

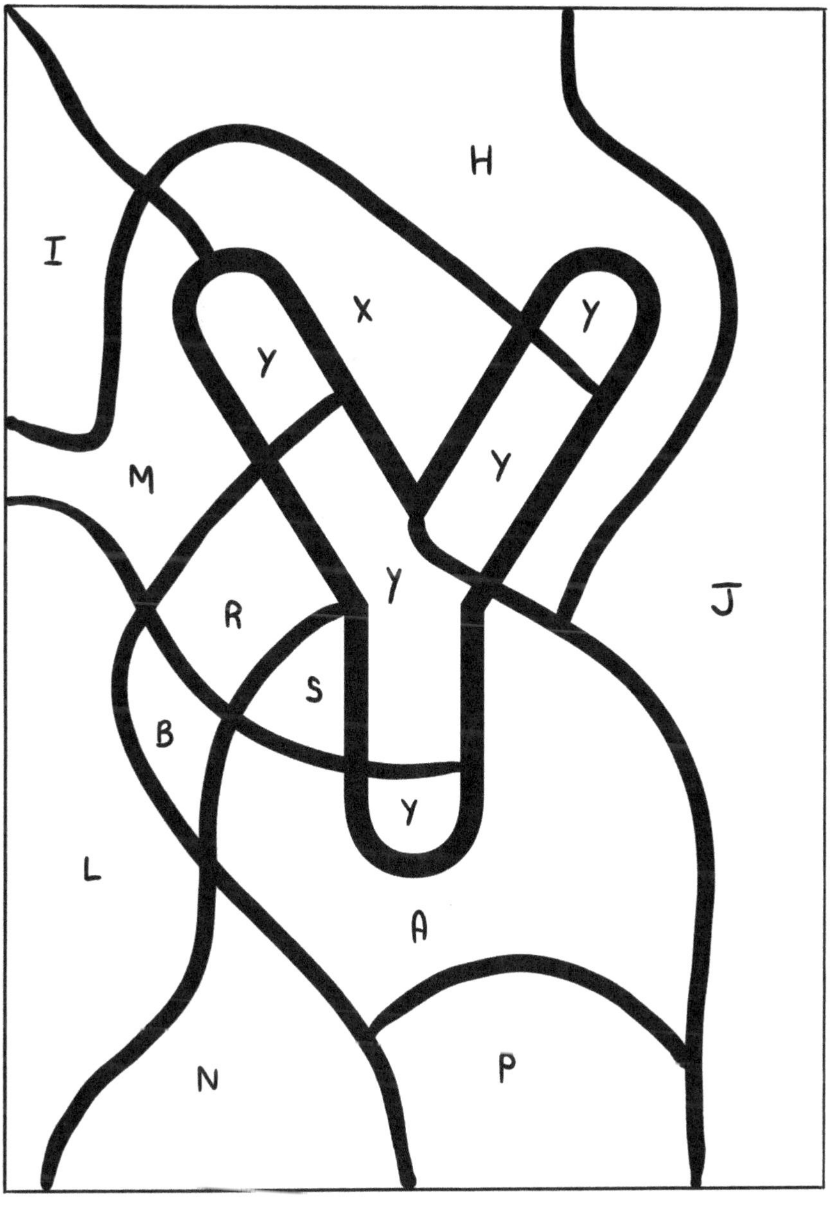

Trouve la lettre Z

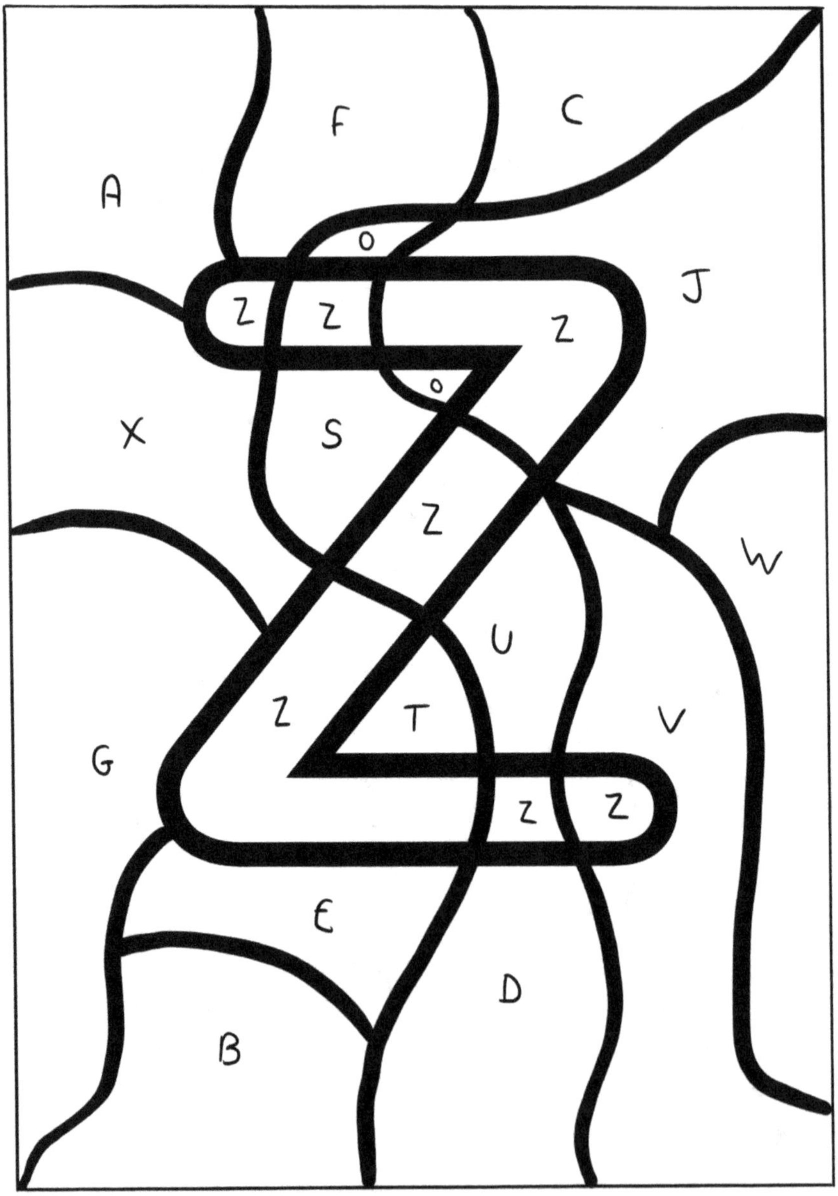

Colorie et trouve le nombre de 4x4.

Réponse_______________

Écris le C _ _ _

Colorie et trouve le nombre de flocons.

Réponse_____________

Écris un L_ _ _

Colorie et trouve le nombre d'éléphants.

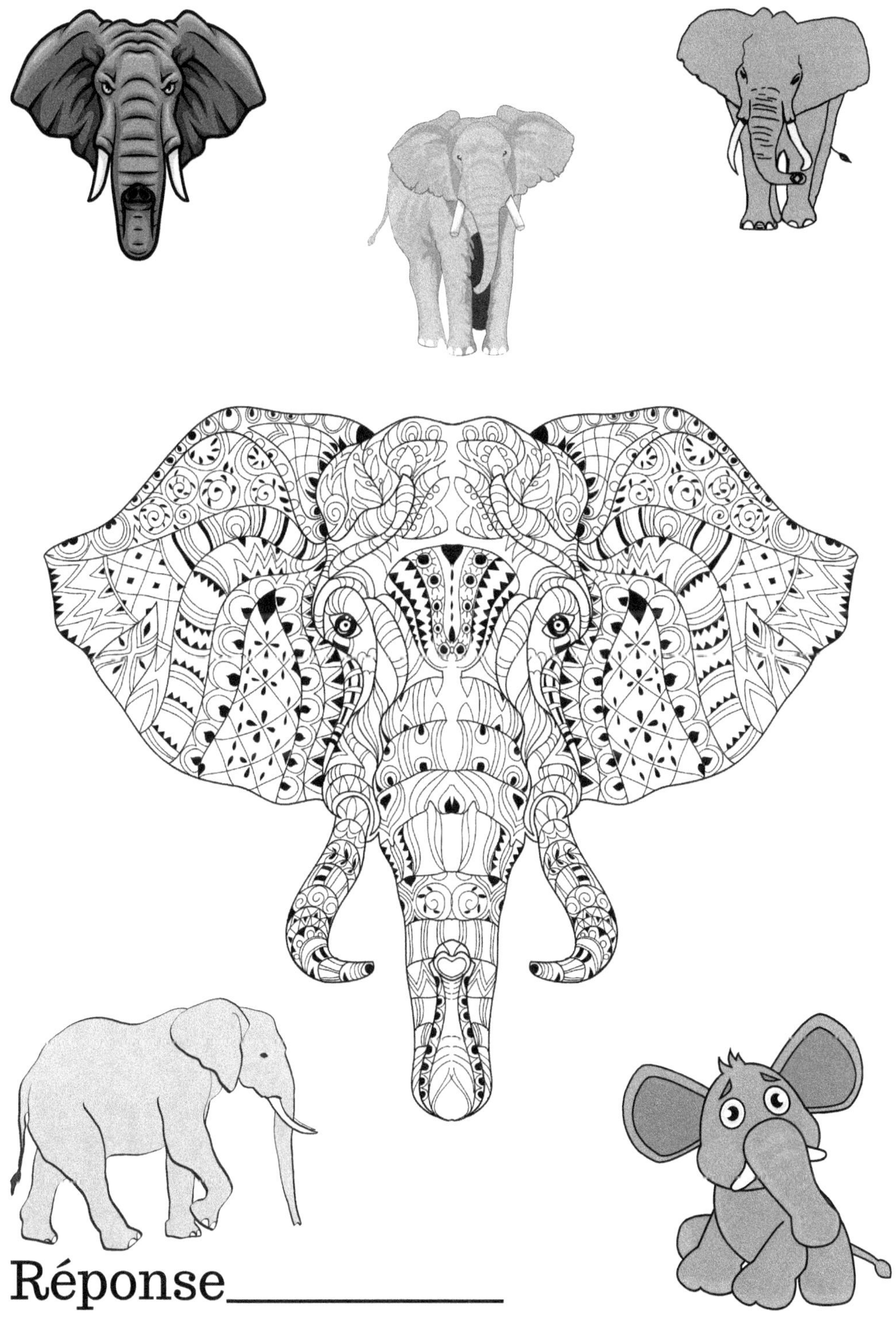

Réponse__________

Écris un L_ _ _

Colorie et trouve le nombre de papillons.

Réponse______________

Écris la Tour _ _ _ _ _ _

Colorie et trouve le nombre de Fées.

Réponse_______________

Écris une _ _ _ _

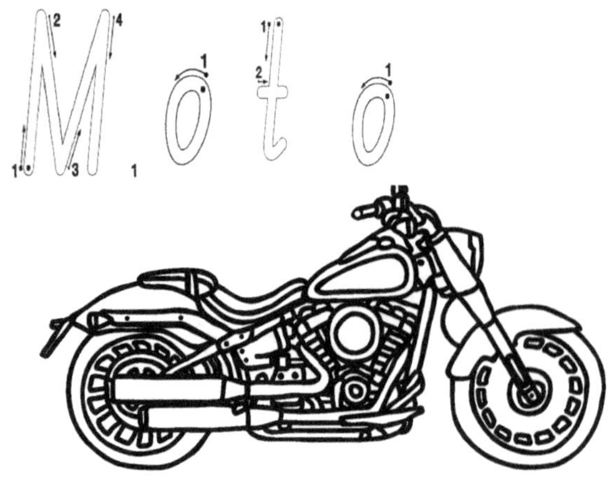

Colorie et trouve le nombre de Sorcières.

Réponse_______________

 Écris un C _ _ _ _ 

Colorie et trouve le nombre de Sirènes.

Réponse___________

Écris le Père _ _ _ _

Colorie et trouve le nombre de Bateaux.

Réponse_______________

Écris un C＿＿＿＿

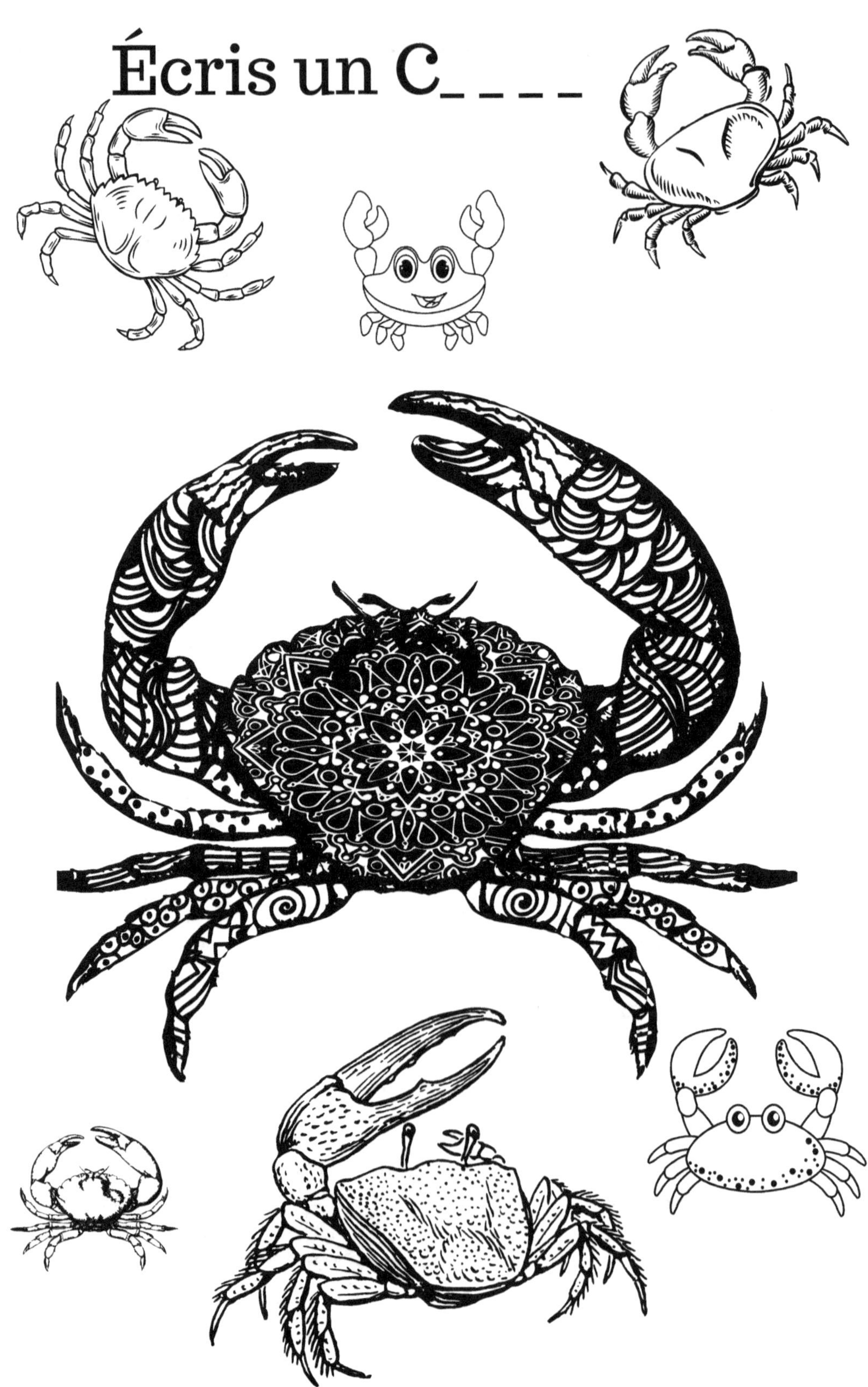

Colorie et trouve le nombre d'oeufs.

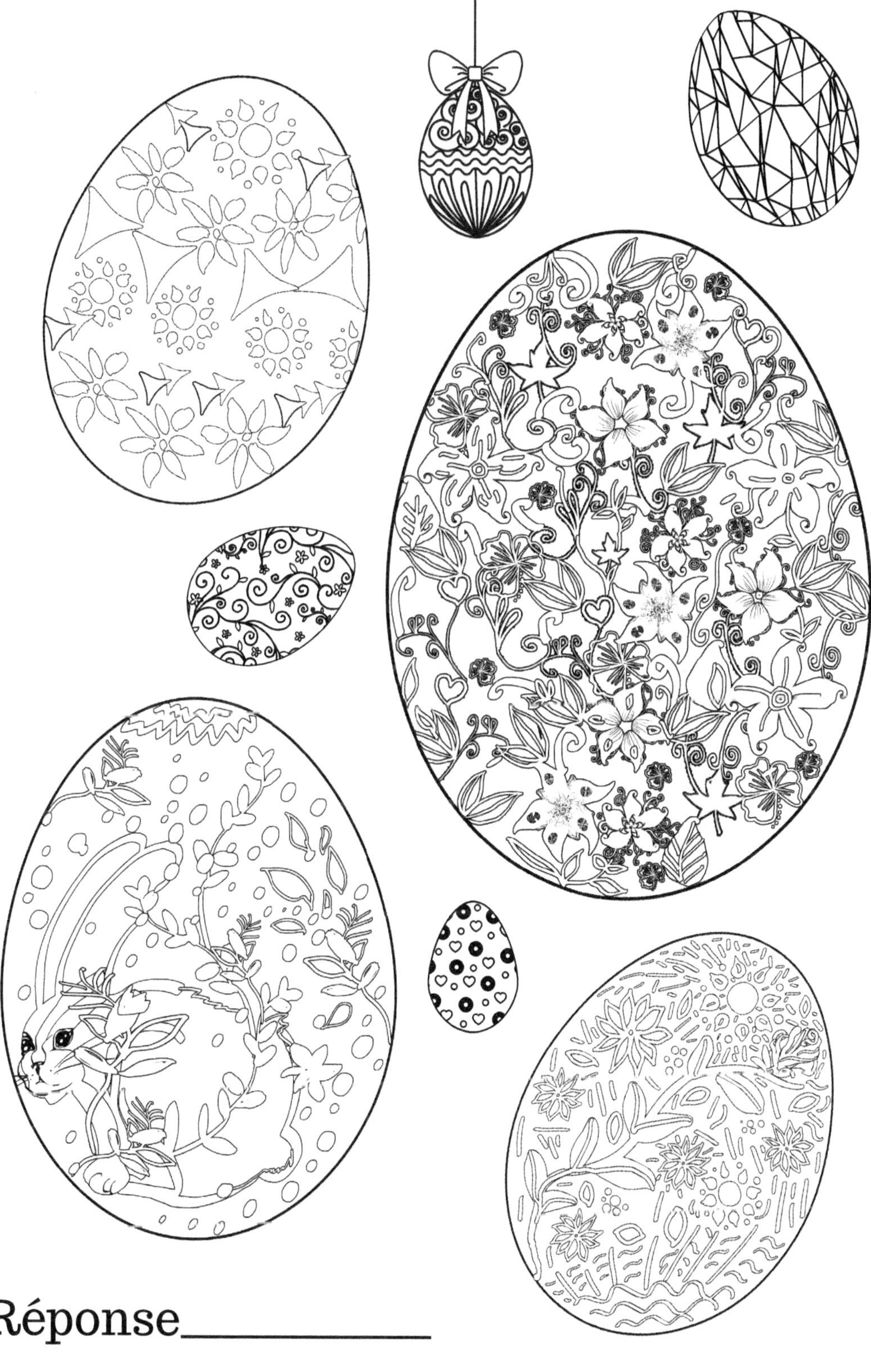

Réponse___________

Écris un C_ _ _ _ _

Colorie et trouve le nombre de chiens.

Réponse_____________

Félicitations! Tu connais
maintenant les chiffres et lettres !

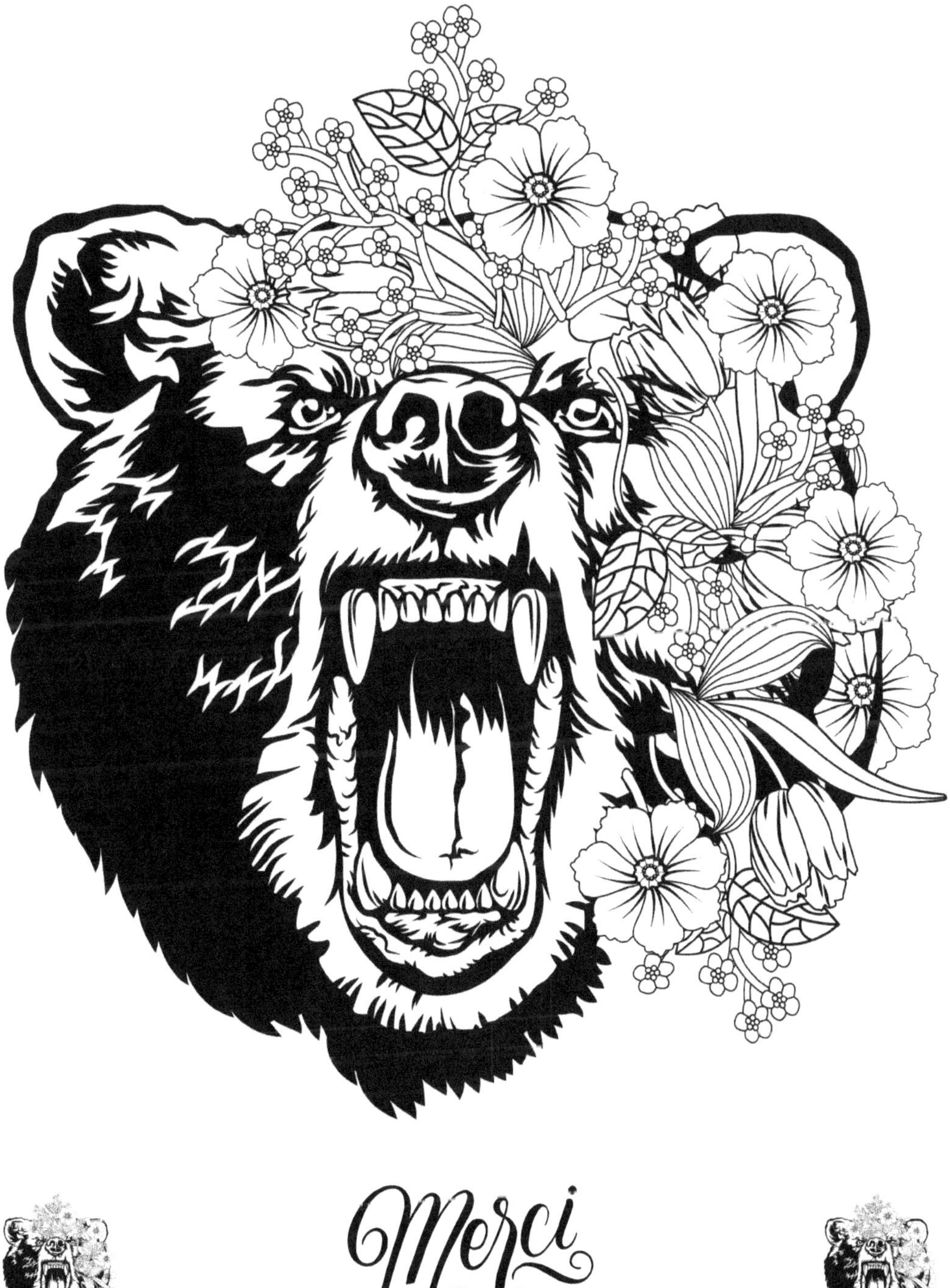